INTERIOR
DESIGN

环境艺术设计实战教程

U0152568

住宅室内设计手绘攻略
设计思维与技法表现的互动

梁勇　吕微露　编著

机械工业出版社
CHINA MACHINE PRESS

本书以住宅室内设计课程为核心，进行延展生发，结合相关课程，将其串联成紧密的课程群，将一套完整的住宅室内设计从创作构思直至效果表现流程展现在读者面前，同时附有练习指导。本书着重培养读者的手绘能力，另外，书中还增加了很多的实验环节，帮助读者进行手绘的创新，模拟各种适合表达的风格以求适应不同业主客户的审美观，对常见场景和细节的表现作出具体分析，强调将手绘融入一个完整的设计过程。

　　本书可作为高等院校和高职高专室内设计专业教材，也可供室内设计师和手绘爱好者阅读。

图书在版编目（CIP）数据

住宅室内设计手绘攻略：设计思维与技法表现的互动/梁勇，吕微露编著. —北京：机械工业出版社，2011.4
环境艺术设计实战教程
ISBN 978-7-111-33302-9

Ⅰ.①住… Ⅱ.①梁…②吕… Ⅲ.①住宅—室内设计—技法（美术）—教材 Ⅳ.①TU241

中国版本图书馆 CIP 数据核字（2011）第 017352 号

机械工业出版社（北京市百万庄大街 22 号　邮政编码 100037）
策划编辑：宋晓磊　责任编辑：宋晓磊　周璐婷
责任校对：李　婷　责任印制：杨　曦
保定市中画美凯印刷有限公司印刷
2011 年 4 月第 1 版第 1 次印刷
184mm×260mm · 8.5 印张 · 220 千字
标准书号：ISBN 978-7-111-33302-9
定价：49.00 元

本书编委会

主　任：李　娟　周　斌

副主任：吕微露　高　筠

编　委（排名不分先后）：

梁　勇　吕微露　张　曦　林　静　杜　鹃　曹志奎　曲　哲

查　波　潘迪明　陈　炜　孙以栋　夏颖翀　郑军德　关巨伟

金国胜　王意珍　周　健　徐姗姗　周祎铭　陈虹宇　蔡伟良

沈　丹　陈洁群　萧　皓　袁柳军　黄　韵　吴　敏　董艳会

参编单位（排名不分先后）：

浙江工业大学之江学院创意设计分院

浙江工业大学艺术学院

浙江商业职业技术学院

宁波大学万里学院

中国计量学院

宁波大学科技学院

上海应用技术学院

序

在我国，环境艺术设计方向隶属于美术学下的艺术设计专业。从历史变迁中可以看出，艺术设计专业教育在很长一段时间都局限在美术教育上，环境艺术设计方向则过多体现效果表现，而忽视了设计与社会、设计与人文、设计与科技等学科之间的联系；在课程教学上过多集中在技艺的传授，忽略了对学生综合知识的运用能力和设计创意能力的培养。这种局面直到1998年教育部高等教育司颁布《普通高等学校本科专业目录和专业介绍》（以下简称《专业目录》），明确了艺术设计本科专业的培养目标后才有所改观。该文件提出："学生主要学习艺术设计方面的基本理论和基本知识，学习期间学生将通过艺术设计思维能力的培养，艺术设计方法和设计技能的基本训练，具备本专业创新设计的基本素质。"由此，针对艺术设计专业教育的实践性能力和综合素质能力的培养，很多专家学者展开了多角度的探讨与研究。有从教学管理与人才培养的角度，针对教学模式进行研究；也有从专业的发展角度，针对课程结构进行研究；还有从行业与专业的关系的角度，进行艺术设计教学方法的研究，等等。

毋庸置疑，这些研究宏观上对我国艺术设计专业教育起到了很大的推动作用，但是作为实践性很强的环境艺术设计专业方向，还需要有目标明晰、合理的课题设计和大量的实践，才能使设计教育改革产生最佳的效果。

我们知道，教育改革离不开课程改革，因为课程是确定教育内容和教学形式的基础，课程的性质和特点决定了教育的特点和效果。课程改革离不开教学课题的改革，因为教学课题是实现课程教学目标的手段和途径，是课程教学成功实施的关键所在，也是教学设计的核心。可以这样讲，教学课题设计将直接影响到课程的教学质量及教学目标的实现。因此，要进行教育改革，就不能不关注课程和教学课题。这套《环境艺术设计实战教程》提出"环境艺术设计教育从以课程为中心向以课题为中心转变"，就是要强调学生实践能力的培养和施工管理经验的积累。以专业设计的市场步骤来连接相关课程，让学生在全面、系统的教学及实践过程中更有效地掌握从设计层面向实施层面的过渡。同时，系列教材在课程结构方面又很好地呈现"课程群"的概念，打破了原有的基础课、专业基础课及实践环节的课与课之间"各自为政"，内容互不联系的局面，使基础课名副其实地成为带有专业导向和指示的"基础"；打破了原有狭隘的基础课教学格局，超越单纯技巧和经验的传授，由浅入深，有机地集成市场调查与分析、室内设计理念、工程化设计、现场施工管理等内容，构建了一个完整的环境艺术设计课程教材系列。

这套《环境艺术设计实战教程》将现行三段式教学进行重组，以环境艺术设计中的室内设计方向作为切入点，寻求一种新的课程设置体系和创新培养模式，为环境艺术设计专业人才的培养起到铺垫作用，创造性地提出"在模拟战争中学打仗"的教学思想，即在培养学生方案设计能力的同时，兼顾施工管理能力，以便为相关企业输送真正合格的设计及施工管理人才。

李　娟　周　斌

前 言

　　目前，市面上的手绘书籍已不算少，在艺术设计类图书中，景观设计与室内设计手绘表现书籍占去了大半江山。要对现有知识节点提出"填补空白"之类的定位并不明智。与其说能够填补空白，不如分析现今手绘教育及其相应教材的不足。本书旨在对于当前室内设计教育中许多不系统、不规范、不够深入的教学部分进行革新，力图把理论教育与实践教育有效结合起来，以实际项目串联课程中的所有知识点，将其按照市场操作顺序使课题步步深入，实现教学以课程为重心向以课题为重心的转变，更加强调专业的实用性和实践性，使学生以及室内设计从业人员对室内设计的方方面面有一个全新的认识，帮助他们更快地成长起来。

　　一些手绘表现教育书籍大多集中于效果图交错反复引用，结果变成了效果图欣赏图集，这对于准设计师，尤其是在校艺术类大学生提高手绘表现能力没有太多教育指导上的帮助。而手绘本身就与设计一样是一种创造性活动的过程。所以，我们从编写的思路上有所突破：本书在一般室内手绘教学基础上强调实验性，更多地鼓励学习从多方面进行实验性绘制。比如用不同的画笔或多种画笔结合在一种纸面上塑造同一场景，同时也鼓励尝试用同一种笔在不同的纸面塑造同一场景。从本书中，相信读者可以从多方面领略到手绘的特殊表现力，更好地在不同的风格和业主需求中作出取舍。

　　本书由浙江高等艺术设计学院资深设计教师编著，学科性公司设计骨干协作共同完成。书中出现的大量手绘作品和设计案例都是教学优秀作品和公司内部积累的资料，有很强的教学针对性和商业实用性。本书可以广泛应用于普通本科、独立学院、高等职业技术学院环境艺术设计专业的教学，同时也可作为室内设计师、会展设计师、大众人群需要进行住宅室内设计及装修的参考工具书。

编　者

目录
CONTENTS

第 1 章 绪 论

[教学提示]

教学目的及要求	初步了解手绘的基本属性、发展历史，着重掌握室内设计实践中手绘发展现状	教学重点与难点	对于现今社会重效果、轻设计内涵的状况，如何理解电脑制作和手绘制作的矛盾
教学手段	多媒体演示、口头讲述	教学方法	启发、讨论
教学时数	8课时	课后思考	手绘在新时期如何创新，并收集优秀案例

1.1 "手绘"的属性

1.1.1 手绘与我们

手绘最直接的含义就是手工绘制。很多时候，我们也会把这样的作品称为手绘。世界上第一幅人类创造的"图案"就是运用类似笔的工具在石壁上绘制完成的（见图1-1）。在手绘中我们创造了图形语言、抽象符号，最后走向了文字，记录了人类文明。可以说从人类创造文明史以来，手绘就伴随着人类一起成长和前进。早期的建筑画是用蘸水笔画在羊皮纸上，或用钢针

图1-1　法国哥摩洞窟崖壁画

在铜版上刻画，经腐蚀处理绘制成铜版画。到了16世纪，出现了纸上作图的水彩颜料，使得简字表现图在表现形式上得到了扩展。尤其在艺术界，许多伟大的艺术家为我们留下了众多艺术作品，为我们的历史留下了生动的一笔，如莱奥纳多·达·芬奇（见图1-2）、米开朗基罗等都曾用素描表现过建筑。手绘表达不只是艺术家特有的技能，当前社会上出现了很多关于"手绘"的新词语，从手绘服饰、手绘抱枕、手绘灯罩到手绘家装墙面，似乎大众对于手绘的热衷没有因为电脑"复制"时代的来临而消退。直到今天，手绘依然是室内设计、建筑设计、视觉传达设计专业学生的必修课。

手绘效果图是指通过图像或图形的方式来表现设计师的思维和设计理念的视觉传达手段。它最初是画家或工匠的设

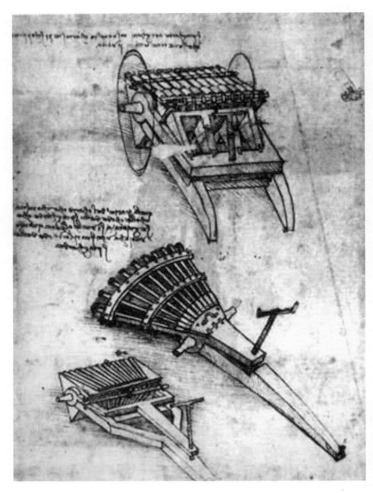

图1-2　设计草图　　作者：莱奥纳多·达·芬奇（意）

计草图，这些为使用者绘制的建筑或室内装饰的方案图给施工者提供了明确的要求。由于是具有绘画专业水平的设计师所作，所以这些图除了具有叙述性功能，还兼具较强的观赏性。在不同时期与不同的区域，效果图有多种称谓，如手绘图、设计渲染图，而在国内盛行环境艺术，较长时期以来，它一直被称为"建筑表现"（Expression of Architecture）。但是随着中国的社会经济环境的发展，人们对建筑空间的要求已从原来相对单一的领域拓展至更加宽泛的领域，因此"建筑表现"已不能包含这种现实的要求。

设计的发展史与绘画相比要短得多，但对于广大的设计师来说，手绘一直是最朴素而重要的表达方式。从设计的构图、立意、设计风格，到展现整体与局部的处理关系、室内的陈设与布局等各个方面都可以通过手绘效果展示给人们。而一些像插图设计、动画设计等从二维设计发展起来的专业更把手绘提到了相当重要的地位。当设计师与设计受众（客户）进行面对面沟通时，设计师即时手绘表达设计意向的图纸质量甚至会直接影响客户对设计师职业水平的信任程度及对设计方案的决策。用手绘的方式来表达设计意图，渗透到设计的每一个步骤。从最初的草图（主要面向设计师），到施工图纸（主要面向施工人

员），再到最后的呈现设计效果（主要面向设计受众），无不显示出手绘的重要作用。

对于设计师自身而言，手绘也是他们运用"感性思维"最快速、最便捷的表现方式。随着数字化时代的到来，很多设计都采用计算机完成，在手绘方面，计算机也提供了模拟笔，设计师甚至可以在计算机屏幕前完成以前只能在纸上完成的绘制过程。设计思维和设计最终效果的呈现及表达，可以说是在设计被物化之前的启动和终端都运用手绘的特殊作用。换一种思路：计算机是特殊的笔，同样具有工具属性，但它并不能改变或完全替代手绘的重要作用。

因而，手绘是专业设计师必须掌握的技能；而对于在校学习设计的准设计师而言，更应加强此项基本技能的培养和练习。

1.1.2　手绘的今天

据专家统计，当今科技发展的每一天，有5％的新知识产生，同时又有15％的知识被淘汰或更新。手绘发展到今天的生存环境，可以形容为数字化时代的夹缝。大量的传统生产领域正在经历数字化的变革，关乎产品创造的设计领域也不可避免地受到影响。时间追溯到20世纪50年代，回想建筑大师赖特（见图1-3）的建筑事务所工作场景：巨大的工作空间，数百名设计师、绘图员，伏案在夹着大幅纸张的图板前，滑动着架好的丁字尺，反复绘制线条；一位主设计师走近一名绘图员，告诉他由于一处结构的修改而要求他重新绘制，推翻前两天的所有设计成果……这样的场景在今天已被整齐划一的电脑桌取代，反复的修改都在计算机的修改、复制命令中轻松进行。以此是否可以预见，不用多长时间，从设计到效果呈现的一整套流程都会实现自动化。

图1-3　赖特手稿临摹　　　　　　　　　　　作者：袁柳军

随着科学技术的发展，效果图表现的工具也发生了很大变化，从原来传统的水粉，到喷枪绘制，到简易的马克笔、彩铅——特别是计算机图像处理软件的不断发展（见图1-4），使设计表现的能力和效率大大提升。

图1-4　福特汽车公司产品草图

　　手绘是否会走向消亡？现今有很多青年设计师过分依赖数字技术而忽略了徒手表现的训练，他们把设计简单地理解成计算机设计效果图的制作，这种观念对于设计前途的发展是很不利的。手绘表现要比计算机表现历史久远，早在先辈的绘画中就已得到充分的体现。手绘表现效果图（见图1-5）的最大优势在于生动、概括、速度快，最能够激发设计师的创作灵感，把设计师头脑中转瞬即逝的创意图形快速地以三维的形式记录下来，使思维连续及时，它既适于勾画设计草案，以单独的艺术形式存在，又可作正式的方案投标。手绘表现不受所表现的形体限制，尤其适于表现草木繁多的园林景观效果。手绘表现效果图技法可以说是设计师的表现语言，可以充分展示设计师的才气和艺术修养，它常被认为是设计师设计创意的基本功之一。手绘表现效果图在表现形式、色彩应用、风格气氛等方面，能方便、灵活、多样、自如地表现个性化的设计风格，富有人情味，并且可以进行一些主观性、随意性的表达，而所有的这些都是计算机设计效果图目前所无法媲美的。

图1-5　客厅室内效果图　　　　　　　　　　　　　　作者：张笑盈

可以看到，手绘不但没有消亡，而是在各种设计领域继续发挥着它的特殊作用。设计过程本身应该是一个科学的体系，一切表现手段都是围绕设计产生、设计表现、设计实施来服务，而手绘则贯穿于整个设计过程的始终，为解决设计问题提供有效而快捷的方法。从实际操作角度出发，结合教学，全面提升学生设计表现的手绘能力，这不仅对于他们掌握手绘表现效果图技法具有促进作用，而且对其在今后的设计实践中，不断加强和完善设计方案的能力也具有十分重要的意义。

除了感叹手绘如此强的生命力，更要看到手绘具有一些其他表现手段所不具备的独特魅力，因此吸引着越来越多的成熟设计从业者。当然，优秀设计师自始至终都未放弃这一朴素的设计表达方式（见图1-6）。我们需要找到人手和计算机之间完美的结合点。例如，手绘设计图纸和计算机绘制图像相比，准确度存在较大差异，在正规的施工图纸出图阶段，可以通过计算机对手绘图进行数字化处理。

图1-6　徐宅客厅室内效果图　　　　　　　　　作者：陈杰

1.2　室内设计手绘的特点

1.2.1　室内设计手绘的意图

以室内设计意图为表现目的，主要以人工徒手绘制为主要表现形式的方法称为室内设计手绘，当然因此而完成的各种设计图纸，在很多时候也被称为室内设计手绘，其特点是将设计师设计构思的四维空间转换成二度空间平面。从这个概念可以看出，它是由透视图原理和高度概括的绘画技巧相结合而形成的，是方案设计中诸多因素所组成的形象的一种表述形式，是室内设计施工图纸中的一种，是通过绘画手段直观而形象地体现设计师构思意图（见图1-7、图1-8）的技术手段，是科学性与艺术性紧密结合的艺术技法。

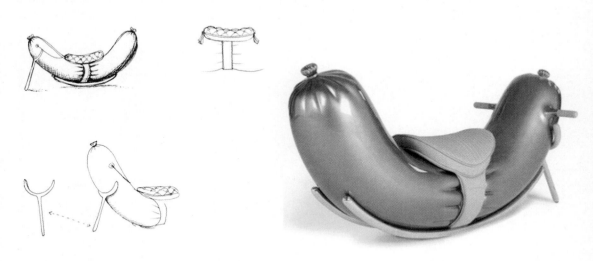

图1-7 德国国际设计博物馆展品设计手稿　　　　图1-8 德国国际设计博物馆设计展品

室内设计表现效果图是深化和促进设计成果的最终表现，能形象直观地表现室内空间，充分体现室内装饰效果，对营造空间气氛、增强视觉冲击力、提高设计的艺术感染力有很大的作用。一幅好的室内设计表现效果图生动而整体，它能使观赏者比较直观地看出设计者对设计大到装饰风格的把握，小到造型、材质的使用情况等细节问题的处理。与平、立面设计图相比，室内设计表现效果图立体感强而具有艺术性，有助于引导观赏者的思想意识，联想到工程竣工后的效果。这一点在工程设计投标、设计方案定案中起着重要的作用，是方案阐述的关键所在。

1.熟练、精湛的表现技法左右着设计方案的效果

一个设计方案的优劣首先在于它的内容，包括整体的运筹和细节的组织（见图1-9）。其次，再优秀的室内设计表现效果图，如果只是设计者个人按照自己个性的表现欲望，而不是按规律来绘制的效果图，那只能是一幅个人作品式的"方案"，而不会被受用者采纳；同样，如果方案表现不力，不能通过高水平的表现技法将其客观、真实的空间结构、气氛和色调表达出来，那么室内设计效果图的表现力就会大打折扣。

2.室内设计表现效果图有助于设计师研究和深化设计

室内设计表现效果图是设计方案表述的组成部分。室内设计表现效果图对进程中的设计方案起到总结作用，将每一阶段创作思维的成果以草图的形式快速记录下来，便于分析、对比、调整及深化方案。一幅优秀的室内设计表现效果图，从整体的风格定位、空间的功能分区、材质选择、色彩搭配直到装饰形式的形象组织、结构斟酌、尺度推敲乃至线脚装饰、陈设点缀，都要经历全面而慎重的思考过程。

图1-9 私人别墅从草图到建成

3.室内设计表现效果图是设计师准确传达设计信息、进行设计交流的主要手段

直观的形象构思是设计师对方案进行自我推敲的一种语言，也是设计师相互交流探讨的一种语言，它有利于空间造型的把握和整体设计的进一步深化。各种构思设计通过室内设计表现效果图的形式表现出来后，对准确信息的沟通和了解就会变得直观、快捷，既便于设计组成员深化格调理解、达成统一共识，又能起到相互吸收、相互融合的作用。

1.2.2 室内设计手绘的原则

室内设计表现效果图的目的是为了展示设计者的设计意图，从而达到让使用者由认知到接受的最终目的。应该更注重使用者的感受，因为设计本身就是服务于人的。就室内设计表现效果图本身而言，无论是从画面效果还是从设计的角度看，都要尽量做到概括、统一，有一定程式化的画法。不管室内设计表现效果图运用什么技法，都要遵循一定的原则。

1.强调室内设计手绘表现技法的科学性

科学性既是一种态度，也是一种方法。室内设计表现效果图首先要有准确性，这就要求空间结构相吻合，尺度把握准确（见图1-10），材料的本色和质感体现充分，从而让观赏者对设计有系统的认识；其次要避免主观随意性，不可过于情感化地进行"写意"式创作等。设计表现则必须遵循科学性，对空间的结构和图中的每一个元素的存在都要做到切合实际。

2.突出室内设计手绘表现技法的艺术性

室内设计表现效果图在运用绘画语言表达时，不可能脱离造型艺术的一些基本规律。在室内设计表现效果图绘制中，构图取点、确定色调和表现空间气氛、表现光感和质感、适度夸张与概括、取舍等这些艺术手法无疑对最终室内设计表现效果图的艺术感染力起着至关重要的作用。因此，提倡在室内设计表现效果图中体现出设计者不同的设计风格以及不同的表现手法，使效果图变得精彩纷呈。

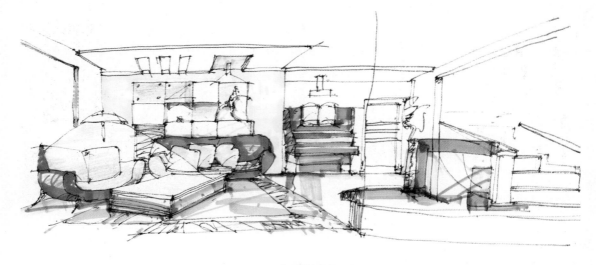

图1-10　楼梯旁的会客厅　　　　　　　　　　　　　　作者：金开

1.2.3　室内设计手绘的适用范围

正如一开始有人担心照相技术（见图1-11）的发明会让绘画逐渐淡出人们的视线一样，一度有很多人对于手绘设计表现形式的前景不乐观，越来越多的设计只有在"虚拟的"数字世界被再生。如果把传统和现代当做一对矛盾，就必然身处于传统和现代的夹缝之中，但如果找到传统与现代的连接点，就有可能出现柳暗花明，海阔天空。而在室内设计领域要找到这个连接点，首先必须了解室内设计手绘本身的优势和劣势。

优秀的室内设计手绘作品，可以在极短的时间内，以最简单的工具条件，表达出设计者的设计意图；可以非常有条理地表现和再现设计对象；使观者领略和感受

图1-11　世界上第一张照片　作者：约瑟夫·尼埃普斯（法）

到画面及画面表达的物象，以及独特而高雅的艺术气息。与室内设计数字化图形工作方式相比，传统室内设计手绘有以下几个缺点：

1.图形标准化表达方面误差大

计算机处理的图形，尤其是矢量图形，不会随着图形的移动、放大或缩小有任何改

变，并且可以在透视图中相当准确地模拟透视效果。室内设计手绘即使在传统工具（圆规、直尺等）辅助下也难以达到计算机的这种准确性。因此，业界在室内设计施工图作业方面，手绘施工图基本被标准化的AutoCAD软件绘制的图纸所代替。

2．不宜重复修改

室内设计手绘随时停笔都能表达设计意图，但是和计算机数字化处理相比，手绘的确在修改方案上有很多不便。在计算机普及之前，很多设计方案的表达都要相当谨慎，一旦画面上出现错误，也许就需要重新绘制全部内容，这点在上一节的例子中也有提到。

3．完成时间很难把握

手绘的工作主要是由设计者直接完成，它受到表现对象繁复程度影响很大，比如在表现同样有重复结构的对象，在计算机中可以通过反复复制得以实现，而人工绘制则需要一个一个耐心描绘。同时，人在工作过程中受到生理、心理的状况影响很大，加之可能有许多问题出现在使用工具上，这些综合的因素导致手绘完成时间有一定的不确定性。

第2章
室内设计手绘的基本原理

[教学提示]			
教学目的及要求	了解手绘所需的工具，以及工具的重要表现特征	教学重点与难点	熟悉常用工具的表现特性，掌握正确绘画姿势
教学手段	实物、实例、口头讲述	教学方法	陈述、示范、讨论
教学时数	16课时	课后思考	工具表现的实验

2.1 工具的使用

2.1.1 工具材料简介

1.笔类工具

室内设计手绘可以用各种工具表现，目前普遍采用的有以下几种：

（1）铅笔 铅笔分为普通铅笔（其典型作品见图2-1）、绘图铅笔、碳素铅笔，还有与碳素铅笔色彩相似的炭精棒、柳条等。绘图铅笔根据其质地松软程度，用符号标注为：硬质H（1~6）、中性HB、软质B（1~6）。使用较多的是HB、2B、6B三种型号，主要用于起稿或画草图。碳素铅笔与绘图铅笔的主要区别是深度，碳素铅笔偏深黑色，可以用于方案草图。当然有时还可以使用自动铅笔，建筑室内一般使用铅芯直径为0.5mm或者0.7mm的自动铅笔，线条清晰，能保证画面洁净。优质的自动铅笔品牌有德国的红环、日本的樱花等。

（2）钢笔 21世纪，随着中性签字笔的广泛使用，钢笔的影响力越来越小，但是，钢笔速写依然是很多设计师和艺术家的首选表达方式。从笔头上区分，常用的钢笔有普通钢笔和弯头钢笔两种。在选购工具笔时除了英雄、永生这些国内品牌，LAMY（见图2-2）和派克（PARKER）都是不错的选择。

（3）针管笔 针管笔不同于一般的签字笔，一般分为墨水针管笔（见图2-3）和一次性针管笔（见图2-4）两种，用于勾勒线条或者通过线条作排列组合、点与点的疏密来表现物象的明暗和虚实变化。一次性针管笔使用方便、绘画时性能稳定、线条粗细可任意选择，较常用的笔的型号是在0.1~0.5mm之间。一次性针管笔的品牌很多，国内大多是耐水性的，常用的有日本MICRON、德国的STAEDTLER等。

图2-1 《弄堂口》局部   作者：况晗

图2-2 德国LAMY钢笔

图2-3 墨水针管笔

图2-4 一次性针管笔

（4）马克笔 马克笔（见图2-5）的种类繁多，可分为油性和水性两类。油性马克笔的色彩相对饱和，挥发较快，干后颜色稳定，经过多次覆盖和修改颜色也不会变混浊，适合在任何纸面作业。另外，它笔触较小，边缘容易化开，更适合较大面积的渲染和平涂。水性马克笔色彩透明，与油性马克笔相反，色彩叠加后笔触明显并容易变浑浊，比较适合小面积的勾勒和点缀。目前市面上比较多的马克笔品牌有德国的STABILO、韩国的TOUCH、日本的YOKEN及MARVY等。由于马克笔绘制的画面效果干净利落，有较强的时代感，常用于设计快速表现等。马克笔常见型号对照表见表2-1。

图2-5　各式马克笔

表2-1　马克笔常见型号对照表　　　　　　　　　　数据整理：翁思怡

1	Process Red	铁红	25	Spring Green	春黄
2	Crimson Red	深红	26	Light Olive Green	浅橄榄绿
3	Scarlet Lake	鲜红	27	Chartreuse	黄绿色
6	Carmine Red	洋红	28	Olive Green	橄榄绿
7	Magenta	红紫	31	Dark Green	暗绿
8	Pink	粉红	32	Parrot Green	鹦鹉绿
10	Blush Pink	羞红	33	Hunter Green	猎人绿
11	Deco Peach	装饰桃色	36	Lime Green	酸橙绿
12	Light Peach	浅桃色	37	Aquamarine	绿玉、碧绿
13	Poppy Red	罂粟红	38	Teal Blue	水鸭蓝
14	Pale Vermilion	浅朱红	39	True Blue	纯蓝
15	Yellowed Orange Tangerine	黄橘色	40	Copenhagen Blue	哥本哈根蓝
16	Orange	橘色	42	Violet Blue	紫罗兰蓝
17	Sunburst Yellow	浅阳光黄	43	Indigo Blue	靛青
18	Yellow Ochre	黄赭石	44	Ultramarine	群青
19	Canary Yellow	淡黄	45	Navy Blue	海军蓝
21	Tulip Yellow	郁金香黄	46	Light Aqua	浅水绿
23	Cream	奶黄	47	Light Cerulean Blue	浅蓝
24	Yellow Chartreuse	黄、黄绿	48	Light Blue	浅天蓝

（续）

50	Violet	紫罗兰	130	Deco Orange	装饰橙
51	Black Grape	黑葡萄	131	Deco Yellow	装饰黄
53	Mulberry	深紫红	132	Jasmine	茉莉黄
55	Rhodamine	荧光红	133	Deco Pink	装饰粉
59	Lavender	薰衣草色	134	Deco Blue	装饰蓝
60	Violet Mist	紫罗兰（薄）	135	Deco Green	装饰绿
61	Dark Umber	暗茶色	136	Deco Aqua	装饰水绿
62	Sepia	棕褐色	137	Clay Rose	肉玫瑰色
65	Sienna Brown	赭石	138	Pink Rose	粉玫瑰色
69	Goldenrod	秋麒麟草	140	Celadon Green	灰绿色
70	Sand	沙色	141	Jade Green	玉绿色
71	Buff	浅黄色	142	Brittany Blue	布列塔尼蓝
72	Eggshell	蛋壳黄	143	Mediterranean Blue	地中海蓝
73	Flagstone Red	石板红	144	Cloud Blue	云蓝
78	Brick Beige	砖米色	145	Blue Slate	石板蓝
79	Brick White	砖白	146	Periwinkle	长春花
80	Putty	灰泥	147	Grayed Lavender	灰淡紫
82	Terra Cotta	土黄	148	Cornflower	矢车菊
86	Cherry	梅红	149	Bronze	青铜色
88	Dark Brown	深棕	150	Mahogany Red	红褐色
89	Light Walnut	浅胡桃木	151	Raspberry	唇红色
90	Walnut	胡桃木	152	Henna	红褐色
93	Burnt Ochre	烧赭石(土色)	153	Pumpkin Orange	南瓜橙
95	Light Tan	浅棕褐色	154	Mineral Orange	矿橙
96	Blond Wood	金木	155~163	Ftench Gray 10%~90%	法式灰
97	Warm Black	暖黑	164	Peacock Green	孔雀绿
98	Black	标准黑	165	Grass Green	草绿
99~107	Warm Gray 10%~90%	暖灰色	166	True Green	纯绿
108~116	Cool Gray 10%~90%	冷灰色	167	Apple Green	苹果绿
117、118	Metallic Silver. Broad & Fine	金属银一宽、细	168	Dark Purle	暗紫
119、120	Metallic Gold Broad & Fine	金属金一宽、细	169	Tuscan Red	托斯卡纳红
121	Colorless Blender	标准无色	170	Peach	桃色
122	Salmon Pink	鲜肉粉	171	Lilac	丁香紫
123	Spanish Orange	西班牙橙	172	Light Umber	浅茶色
124	Limepeel	酸橙皮	173	Light Violet	浅紫罗兰
125	Peacock Blue	孔雀蓝	184	Forest Green	树林绿
126	Cerulean Blue	天蓝	185	Spruce	云杉绿
127	Imperial Violet	御黄	186	Emerald	祖母绿（翡翠绿）
128	Parma Violet	中度紫	187	Leaf Green	叶绿
129	Dahlia Purple	大丽花紫	190	Tangerine	丹吉尔

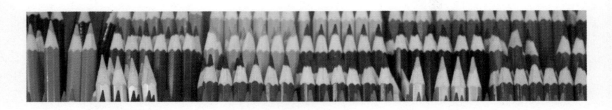

（5）彩色铅笔　彩色铅笔是最常用的绘图工具之一（见图2-6），色彩稳定、容易控制。其中水溶性彩色铅笔既可以单独使用表现素描调子，也可以当水融化后产生水彩的效果或直接与水彩混合使用，以弥补马克笔较难画出调和的渐变色调的缺陷。但彩色铅笔的不足之处在于，着色用时较长，色彩较为暗淡。所以应选择含蜡较少、质地细腻的彩色铅笔，这会使着色时笔不打滑、色彩更鲜艳。市面上常见的水溶性彩色铅笔品牌有日本的樱花，德国的FABER-CASTELL、STABILO、STAEDTLER，以及中国台湾的LIBARTY等。

图2-6　各式彩色铅笔

（6）其他画笔工具　很多时候也可以采用软笔，如：荧光笔，黑色系列的记号笔、自动铅笔、油画棒（见图2-7）、色粉笔（见图2-8）、毛笔，彩色签字笔（见图2-9）以及适合不同材料表面的绘笔（见图2-10）等。荧光笔有荧光效果，可以用来表现光泽度或者与马克笔配合使用；粗细范围更大的记号笔可以用来强调画面的重要部分或者画面的暗部及阴影；油画棒、色粉笔也是表现特殊画面效果的常用工具。

此外，喷绘也是一种独特的室内建筑绘画方式。喷绘的基本工具有喷泵、喷枪（见图

图2-7　油画棒

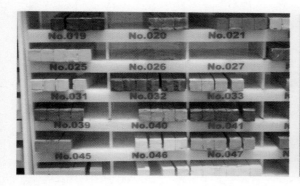

图2-8　色粉笔及瓶装色粉

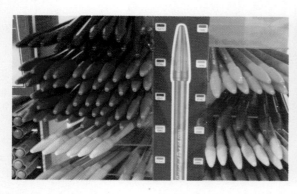

图2-9　彩色签字笔

2-11）及喷绘专用的粘性遮挡纸。喷绘使用水粉颜料、广告颜料或者丙烯颜料，绘制的纸张一般选择优质的卡纸或专用的喷绘用纸。喷绘的最大特点是细腻逼真、精美翔实，但其操作过程较为繁复，技术要求高，作画用时较长。所以，目前一般只在有特殊要求时才采用喷绘这一表现技法。

图2-10　适合不同材料表面的绘笔　　　　图2-11　喷枪制作的室内效果图（局部）

2.纸类工具

纸类工具（见图2-12）在一般的手绘教材中介绍较少，原因是相对于教授用笔的技巧，纸张的选择显得范围较窄。而往往许多特别的空间效果，仅用纸张就能够很方便地表现。

图2-12　各类不同纸张

在纸张的选择上，画草图一般就用高半透明的拷贝纸、硫酸纸（见图2-13）或者普通复印纸。精细的室内设计表现效果图对纸张的要求较高。不同的着色根据与不同的纸张结合会各有效果（见图2-14）。现在很多设计师也喜欢用水彩来绘制效果图，水彩纸是水彩画的关键，要选择质地好的水彩纸，比如保定的优质手工纸、英国的WATMAN和SANDERS、法国的康颂（见图2-15）等。

图2-13　硫酸纸水彩效果（局部）　　作者：潘瑜

图2-14　黑色卡纸效果（局部）　　作者：辛冬根

图2-15　市面上的各种水彩纸

3. 颜料工具

（1）水彩颜料　水彩是传统的着色工具，它具有明快、润泽、独一无二的渲染效果，水彩表现是很多世界著名设计大师热衷的表现方法。水彩表现的主要工具有水彩颜料、水彩纸、毛笔等。市场上常见的水彩颜料有上海的马利、天津的温莎·牛顿、日本的樱花。如果有条件也可以尝试英国、德国的一些品牌，如果要外出作画还可以选用固体水彩颜料（见图2-16）。

（2）水粉颜料　水粉颜料是由颜料粉、白粉、胶和水按一定比例混合而成的，由于胶

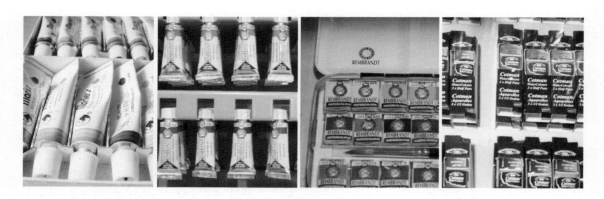

图2-16　普通水彩颜料及固体水彩颜料

容易发霉，所以水粉颜料中还加入了一定量的防腐剂。

市场上常见的水粉颜料有一般瓶装和浓缩瓶装，有单支锡管和盒装锡管，还有制作大幅面画作的固体水粉颜料。与固体水彩颜料不同的是，通常水粉颜料和调色盒是分开的，使用时将颜料挤入调色盒的格子中，不用时应该在颜料中滴入清水以防颜料脱胶干裂，再将抹布或海绵盖在颜料格子上，加盖封好，这样可以使调色盒中的颜料保持一段时间。

水粉颜料本身含有粉质、胶质和水分，一般均不透明，而加入较多水分稀释才稍有变化，因此水粉画介于水彩画和油画（见图2-19）之间的重要特性就是半透明性。水分较多时，水粉画倾向水彩画，可以湿接画面形体，但给人的感觉色彩略显浑浊，不明快；如果厚涂时，水粉画像油画，但颜色干后容易脱落，不易保存；由于颜料、白粉和水三者自身的一些特点，应该在不断练习中掌握使用量，在绘画中发挥其有效作用。另外，也可以尝试丙烯颜料（见图2-17）和纺织纤维颜料（见图2-18），这几种颜料的性质偏向油画。

图2-17　丙烯颜料　　　　　图2-18　纺织纤维颜料　　　　　图2-19　油画颜料

4.其他工具

除了以上介绍的基本工具，平时还会需要一些工具。例如大面积渲染时，选用大小不一的底纹笔；在图形里面平涂可以选用扁头笔；细部刻画时需选用粗细不同的小毛笔。另外，还需要调色盒、吸水布、刀片、海绵、裱画纸用的牛皮纸胶带（见图2-20）等辅助工具，以及橡皮擦（见图2-21、图2-22）、纸笔擦（见图2-23）、尺、画板。尺有比例尺（见图2-24）、丁字尺、三角尺、蛇形尺、曲线板等，根据需要备用。各类绘图工具如图2-25所示。

 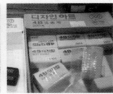   

图2-20　牛皮纸胶带　　图2-21　橡皮擦　　图2-22　可塑橡皮　　图2-23　纸笔擦　　图2-24　比例尺

图2-25　各类绘图工具

2.1.2　正确的绘图姿势

手绘表现对握笔、用笔的姿态有一定的要求，当然，这不能说是严格的规范，但正确的姿态是画好一张手绘表现图的前提。从专业学习的角度来说，建议大家按照以下的方式来练习。

在正确的握笔方法示范（见图2-26）中可以看到，握笔时应注意握笔点与笔尖的距离，一般在3cm左右；用拇指与食指指尖轻松夹住笔杆，由中指关节微支撑；将小拇指微微伸出，作为一种弹性的支撑，这样也有助于调节用笔力度以及保持画面清洁；笔身与纸面的角度根据情况随时调节，大致在45°～60°之间，不要将笔身压得过低或挑得过高；要注意用笔力度，应尽量放松而不可过分用力。

图2-26　正确的握笔方法示范

以上介绍的标准握笔、用笔姿态是非常简单的，但是要养成这种良好的握笔、用笔习惯却不是件容易的事，特别是在初期学习的时候，很多人会感到这样非常不自在，甚至觉得很别扭，于是便在不经意中养成了各种错误的握笔、用笔习惯，影响了画面表现效果，但却找不到其中的原因。图2-27所示是几种经常出现的错误姿态。

图2-27　错误的握笔方法

手绘表现不同于专业绘画及书法，所以图2-27所示的握笔、用笔姿态都是不可取的，希望大家引以为戒。

除握笔、用笔之外，良好的坐姿也不容忽视。正确的坐姿是身体略向前倾，并与纸张保持在同一直线上；腰要挺直，使眼睛与画面之间保持一定的距离，这样有利于整体观察（见图2-28）。

头部不宜离纸面过近，另外，斜着或扭着身体绘图等都属于不良的姿态，会直接影响画面效果。对大多数人来说，这是很容易犯的毛病，需要特别注意。

在普通的写字台绘图时，视线与纸面的倾斜角度比较大，容易形成视觉透视压缩，造成一定的视觉偏差，导致表现变形，这种差异在画的时候往往是感觉不到的。因此，如果条件允许，应该购置专用的设计台，它的倾斜面能够有效地解决这种视觉偏差，同时使绘图者保持良好的坐姿。

图2-28　正确的绘图坐姿　　　摄影：冯馨丹

2.1.3　主要绘画材料的表现

1.基本运笔方式

（1）涂　广义地说，凡是将颜料布施在画面上形成有意义的图形，而成为这些图形的笔触都可以称为涂，泛指平涂。平涂将调匀的颜料用笔均匀地涂在画面上，形成一种平整的感觉。这种涂色方法伸缩性很大，是绘画中广泛运用的一种涂色方法。

（2）摆　摆是颜料的并置着色方法。这种方法频繁运用于水粉和油画这类非透明颜色的表现图。它的意义在于颜色之间不直接混合，通过人的视知觉本能将颜色"调和"。

（3）刷　刷是画笔在画面上来回摆动，将颜料涂在画面上。在较大面积的刷纸面上一般多使用底纹笔，有时是一种颜色的平涂，有时是色彩褪晕时多种颜色的自然融合，可以在短时间内收到较好的效果。

（4）拖　拖是在用笔过程中由于用力不同而产生一种由虚到实的方法。它的技法是调色时要严格掌握水分，当拉起笔来时，笔中色尽水枯最好，也只有这时才可能出现良好的效果。这种笔触可大可小，方向也可以不同，拖的用色、用笔方法不可在同一画面中多次重复使用。

学习了这些的基本运笔方式，结合上面介绍的各种工具，即使不用色彩，画面效果已经足够丰富（见图2-29），所以手绘还有很多实验性的表现需要在不断实践中总结和创新。

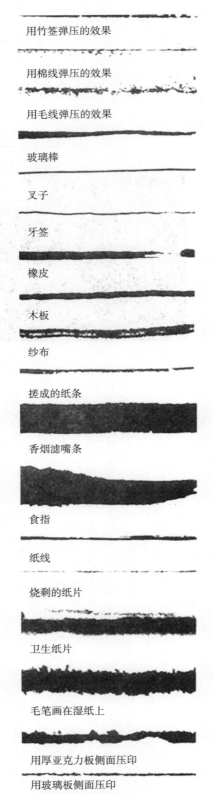

用竹签弹压的效果

用棉线弹压的效果

用毛线弹压的效果

玻璃棒

叉子

牙签

橡皮

木板

纱布

搓成的纸条

香烟滤嘴条

食指

纸线

烧剩的纸片

卫生纸片

毛笔画在湿纸上

用厚亚克力板侧面压印

用玻璃板侧面压印

图2-29　各种工具的笔触　*作者：何颖　王雪青*

2.钢笔画技法

钢笔画主要是通过单色线条来造型的，其形式分为素描类与线描类。不论是线描类还是素描类，它们主要是使用钢笔（或针笔）。素描类，主要强调物体的明暗关系，属于外来艺术文化特点。钢笔画就是利用线的排列与组织、塑造形体的明暗（见图2-30），追求虚实变化的空间效果，也可针对不同质地采用相应的线条组织，以区别刚、柔、粗、细。还可按照空间界面转折和形象结构关系来组织各个方向与疏密的变化，以达到画面表现上的层次感、空间感、质感、量感以及形式上的节奏感、韵律感。线描类，主要强调物体的造型。目前所使用的钢笔都是画线的理想工具，发挥各种形状的笔尖的特点，可以达到类似中国传统白描画的某些效果，画风严谨、细腻、雅致，也常作为彩色铅笔、马克笔画的轮廓描绘。

图2-30 《四合院》 作者：陈国栋

技法要点：造型的准确性（见图2-31）、线条的连贯性、构图的趣味性以及用笔的艺术性是画好钢笔画的关键。造型的准确性具体表现在物体的形象、轮廓以及透视的问题上。

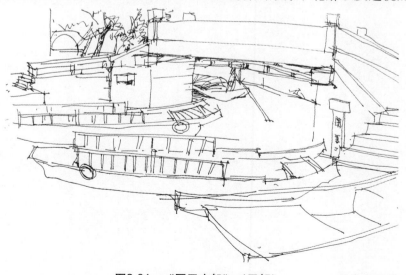

图2-31 《同里水船》（局部） 作者：梁勇

> **练习：帕尔默初级手写训练**
>
> 　　这种练习是手眼配合的有效入门训练方法（见图2-32）。在一张A4的白纸上，间距7~8cm，画斜线、字母"M"、螺旋线和连续圆，共画5张。提示：可以先画一页回环线，然后逐页逐渐展宽回环线，不断地把回环线展宽，直到能精确、快速画出最长的回环线为止。帕尔默初级练习方法利用练习者的整个手臂在纸上悬腕行笔，研究练习者的准确性和速度。这种练习不但适用于室内绘画者，同样也适合景观建筑设计师。

图2-32　帕尔默初级手写练习　　　　　作者：方舒

3.铅笔画技法

　　铅笔画是以铅笔色表现色彩效果为主的（见图2-33），它主要依据铅笔的质地来呈现差异。许多手绘的开始阶段都需要铅笔来勾勒外形，然后再上色，比如使用马克笔、水彩等的绘画。

图2-33　《民居》铅笔、炭条画　　　　　作者：况晗

技法要点：建筑的轮廓要用工具尺作画，线条挺拔；基本线条的运用注意整齐排列，不宜太乱；突出主体时，学会采用对比手法。

4.马克笔技法

用马克笔作画（见图2-34），颜色选准是重要步骤，力争一次完成不作修改。先用铅笔或钢笔画出底稿轮廓线后，上色步骤应遵循"先浅后深"、"先远后近"、"先里后外"的原则。在重点部位着色，力求准确、恰当，然后用线条表达其他部位。就一般情况来说，往往先画玻璃窗面、墙面及阴影，然后画天空、绿化配景，最后画地面等（见图2-35）。值得强调的是，作画的步骤不可能那么绝对化。不过，应先留意"先浅后深"的原则，适当留白也是值得关注的。

图2-34 马克笔笔触

图2-35 《酒店大堂》马克笔作品　　　　　　　　　　*作者：何俊达*

5.水彩画技法

水彩和水粉是传统的着色工具。其中水彩具有明快、润泽、独一无二的渲染效果（见图2-36和图2-37）。水彩表现是很多世界著名设计大师热衷的表现方法。

水彩画的作画步骤：首先采用铅笔（或钢笔）起稿造型，直到造型、透视、结构表现得准确为止；再对大块面积的地方上色（此时宜采用湿画法）；最后采用干画法表现造型物的细部结构，直到画完为止。

图2-36　水彩笔触效果

图2-37　《带壁炉的客厅一角》水彩习作　　　　　作者：张笑盈

技法要点：要掌握对水分、笔触的运用，这是水彩画必须讲究的要素。对于快速草图来说，更为重要的诀窍，便是尽量利用画纸的白色来表现明亮、爽快的画面效果，"留白"、"空白"、"飞白"都是不可忽视的手段。如果处处轻描淡写，易使画面肮脏、暗淡无光。与此相反，对于应当着重表现的部位，则要力求一挥而就，不可反复涂抹。

6.水粉画技法

水粉画也是一种表现力较强的传统画法（见图2-38），在建筑表现中，与水彩画的技法基本相同。水粉画对纸张和笔的要求不是很严格。水粉颜料、广告色、宣传色都可以是水粉画的作画颜料。另外还需要些特殊工具，如油画刀、遮挡纸、胶带等。

图2-38　《欧式广场雕塑》水粉画薄画法习作　　　　　　　　　　作者：袁柳军

水粉画的作画步骤：水粉画上色时，应按先浓后淡、先远后近、先湿后干、先薄后厚的顺序渐次深入，又须视画面光源的布置和物体的色相灵活运用。水粉画虽然以水为媒介调色，但其用水、调色、粉质、胶质的效果，也有明显的差异。

技法要点：水粉色虽有较强的覆盖力，但要将色调由浅变淡时，不能像水彩那样仅用清水稀释即可，而要掺加不等量的白粉色。此举稍有不慎，画面会呈现一片白色雾气，俗称"粉气"。它会使画面色彩朦胧而无光泽，纯度、明度减弱，寒暖、补色关系显得平淡，层次不明，虚实难分。为此，要有分寸地使用白粉，在表现物体纯度较高的部分时，应尽量少用或不用白粉，可把色彩画得稍厚，使其有光感和厚重感。

> **注意：**
>
> 　　水粉画的另一个特点是使用白粉。白粉是一种不透明的颜料，因此可以利用这一特点对画面进行修改和覆盖。但在覆盖颜料时应该慎重，因为有些颜料不易覆盖，如玫瑰红覆盖白粉，原因是颜料渗透能力很强。

7.混合画法

　　混合画法是各种色彩绘制方法中表现力较强、较完美的一种方法。基于对表现对象的认识和各种绘画介质的材料特性，比较常见的有用水彩和水粉混合画法、水彩和彩色铅笔混合画法、马克笔和水彩混合画法、钢笔和水彩混合画法等。这些混合绘制的画都具有很强的特色和适用性，正确的选择画法可以为表现效果增色。例如，对于有很多大面积的物件，细节表现并不多的效果图，可以采用钢笔和水彩混合画法或钢笔和马克笔混合画法；如果是表现有诸多细节的室内家具、植物层次等，可以采用水彩和彩色铅笔混合画法（见图2-39）。

图2-39　水彩和水溶性彩色铅笔混合习作　作者：高非

　　以水彩和水粉混合法为例，了解一下绘制步骤：主体物在画面上总占重要部位，其构图、配景也大同小异，而画面色调则可常作变更。画面上主次远近物体的表现方法和作画步骤，要有妥善缜密的计划。厚薄不同的透明色和半透明色，用水用色的技巧，重叠的顺序等，都要有合理的安排。根据水彩色和水粉色的特性，在作画过程中，应先画透明的水彩色，后画半透明的水粉色，按此顺序逐步上色。上色时，先用水彩画大调子。水彩画不宜修改，故用笔敷色要胆大心细、肯定确切。如地面投影、玻璃高光、碧波倒影等，应充分发挥水色韵味的内容，表现时要有一气呵成之功，才能充分显示其气氛和情趣。描绘上述内容时，自由奔放的笔触与规范化的建筑物，常会发生矛盾，此时，可暂时不受彼此轮廓的约束，超出轮廓范围画到墙面上，然后在下一步用水粉上色时修整。水粉色是表现某些物象和修整细部结构的理想材料。在以水彩色画完应画的物象后，再用水粉色表现尚未着色的部分，并作深入细致的刻画。有些要表现其坚固厚实的质感，有些则要显示其准确精致的轮廓，颇有覆盖力的水粉色，能达到理想的效果。

注意：

　　所有混合画法在上色前，均应对颜料属性有清楚认识。例如颜料水性和油性属性，即使两种颜料同是水性颜料，也要了解两者透明程度。因为同是绘制水性和油性的材料，在不透明的颜料上涵盖较透明的颜料，都不能取得很好效果。

　　技法要点：用水彩水粉混合画法作画，要特别强调程式化的秩序，尽量不随意颠倒，否则会因透明色和半透明色之间造成的矛盾而难以继续进行。一般情况下，背景色薄，主景色厚；远景色薄，近景色厚；光滑质感薄，粗糙质感厚。更多的混合画法，需要在今后的创作中不断实践，总结各种绘画技法的特点（见图2-40、图2-41、图2-42、图2-43），不断创作创新可以使手绘表现更加丰富、准确、高效。

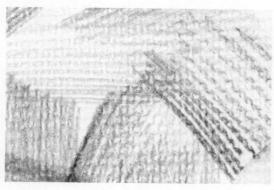

图2-40　彩色铅笔笔触效果

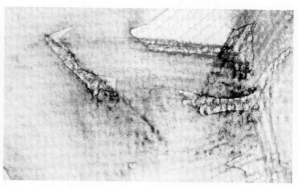

图2-41　水溶性彩色铅笔笔触效果

图2-42　油画棒笔触效果

图2-43　色粉笔笔触效果

练习：技法实验

　　1.尝试用以上几种方法，分别表现相同的场景。
　　2.尝试书中没有提到的工具来表现场景，找到自己感兴趣的表现手法。

2.2 透视的基本原理

2.2.1 透视的基本概念

1.关于透视

透视是手绘表现中构成画面的重要保障，画面中添加的所有内容都要以合理的透视框架为基础。

在很多建筑类书籍中都有关于透视技法的教程，以讲授科学、严谨的透视法则。很多人认为这些透视的计算十分复杂，由此对透视产生了畏惧心理，而有些人则认为学会了透视就等于学会了手绘。早在北宋年间，很多中国画家就掌握了相当多的透视知识，由于很多透视作品多为描绘建筑，透视画甚至发展成为了当时一项专门画种——"界画"。经过几百年的发展，散点透视绘画（见图2-44）在明清时期达到了顶峰。在西方，著名的《建筑十书》作者维特鲁威（Vitruvius）就曾提出绘画建筑形象的问题。在文艺复兴以前透视绘画被视为一种幻术，之后被很多画家娴熟地运用于各种绘画创作而发展到今天。

透视知识非常重要，是画面效果的基本保证，但它并不是手绘表现中唯一的价值所在。要明确一个基本概念——手绘表现并不是标准的计算制图，学习透视的主要目的是为了给画面搭建符合正常视觉规律和效果的合理框架，从而快速控制画面，所以透视的实际意义在于灵活的运用。学习透视知识主要在于把握规律和原则，训练适应性。为了能够灵活自如地给画面搭建透视框架，还要从基本原理和计算方法入手，然后通过大量的实际练习掌握透视的规律，最终达到能够不依赖计算就能灵活处理的效果。

为了便于学习和理解透视的原理，将其进行了归纳与简化，并在此基础上提出了简便使用透视的方法和建议。

图2-44 《青山暮云图轴》 明代 沈周

2.透视的基本概念

透视是一种带有计算性质的描绘自然物体空间关系的方法或技术。在透视求算中涉及很多特定的点、线、面，它们是透视原理的基本元素，相互关联并且有着各自不同的概念及作用。学习透视技法就是从认识、理解这些基本元素开始的。下面介绍一些基本用语及其相关概念。

主要名词：

视点——作画者眼睛的位置。

视平线——由视点向左右延伸的水平线。

灭点——立体图形各点延伸线向消失延伸的相交点。

消失点——汇集于灭点的线，也称灭线。

测点——用来求算透视中进深及纵深尺度的测量点，也称量点。

以上是各类透视技法中的常见名词，在平行透视与成角透视中也是通用的；除此之外，所要学习的平行透视和成角透视（包括简易成角透视）还分别具有各自的特性和相关名词，注意不要将这些名词相互混淆。

平行透视中的名词：

基准面——在平行透视中，自由确立的一个虚拟面，它既是宽度、高度的坐标，又可以作为画面的界定（在简易成角透视中亦出现）。

进深——在平行透视中从视线出发点至要表现的最远景物之间的透视距离。

成角透视中的名词：

纵深——在成角透视中向两个灭点消失的透视距离。

视中线——穿过中心点的一条与视平线垂直的线。

真高线——成角透视中的高度基准线。

侧线——成角透视中通过真高线下端点的一条作为地面基准的水平线。

虽然以上对所能用到的词汇作了解释，但对于初学者来说，这些词汇是不太容易理解的。因此，在学习中一定要牢记它们各自的作用和出现的次序，形象化地理解每一个词汇，就不会出现问题了。

2.2.2　绘制透视的方法

1.平行透视

平行透视就是常说的"一点透视"，是一种最基本、最常用的透视，它的原理和步骤都非常简单。掌握平行透视技法是学习其他透视表现知识的基础和前提，也是以正规的形式理解和表现空间的第一步。下面将通过图示中的一个室内空间形式来讲解平行透视表现的具体步骤。

在平面图中，标示了指北针，同时注明了除去墙体厚度的空间尺寸以及室内高度。采用由南向北的方向来进行透视表现（见图2-45）。

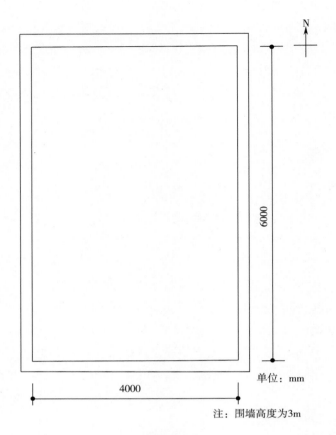

单位：mm

注：围墙高度为3m

图　2-45

步骤一：

首先，按图中所注明南墙的宽度和高度，画出一个长方形，这就是"基准面"，要比所用纸张略小一些（见图2-46）。

以1m为单位，按比例为这个"基准面"画上标记（见图2-47）。

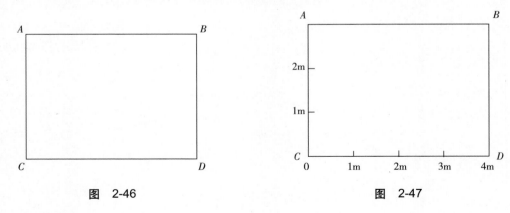

图　2-46　　　　　　　　　图　2-47

步骤二：

确定视平线（以下称HL线），一般情况下，是以1.6m或1.7m作为人的平均身高。根据实际需要，这个高度可作相应调整。在这里，扣除眼睛上部的身高，将其确定为1.5m。如

图2-48所示，在HL线上确定灭点（以下称VP点），VP点的位置要根据实际需要进行左右调整，可按2:3或1:2的关系确定。如图2-49所示，将A、B、C、D分别连接于VP点，引出四条线段w、x、y、z（见图2-50）。

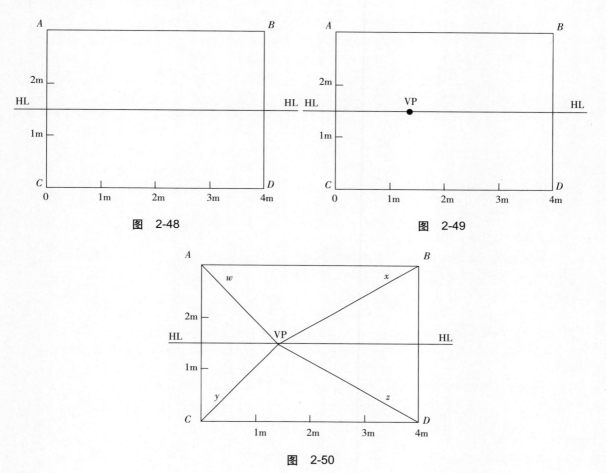

图 2-48　　　　　　图 2-49

图 2-50

步骤三：

在基准面以外的HL线上确定测点（以下称M点），注意M点的位置要靠近基准面边缘（见图2-51）。

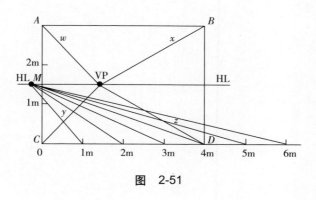

图 2-51

在平面图上显示的完整进深尺寸是6m，因此，将CD线延长，添加5m，6m的单位标记，将M点分别连接于这些标记尺寸，所连接的线段在通过y线时生成了1、2、3、4、5、6六个点（见图2-52）。

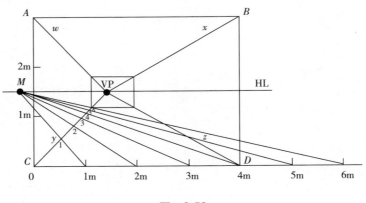

图　2-52

步骤四：

从标注为6的点引垂直线和水平线分别交于w线和z线，再由交点继续引水平线与垂直线汇集于x线，就生成了视线终点的墙面，称它为终结面（见图2-53）。

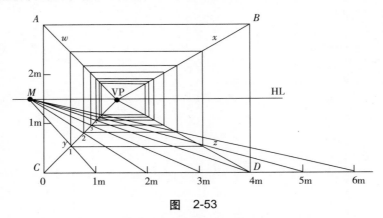

图　2-53

以此类推，从1到5也按此方法引直线进行连接（见图2-54）。

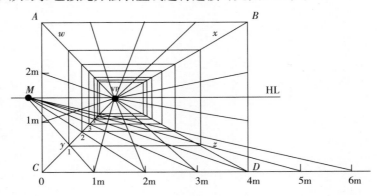

图　2-54

由基准面上的各个单元标记向VP点引直线，交于终结面，这样，一个完整的平行透视框架就产生了（见图2-55）。

这是一种由近向远计算进深的平行透视表现方法，根据它由外向内的方向性，将其称为"内向型"画法。

在平行透视表现的基本技法中，最根本的要领是确定带有单位尺寸标记的基准面，然后通过M点与单位标记的连接来求得进深尺度。在实际学习中，需要灵活地去理解基准面的概念，基准面是根据进深范围的实际

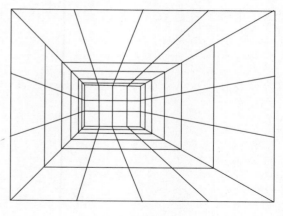

图 2-55

需要而确定的，并不一定是真实存在的体面，它也可以是虚拟的框架体面。

2.简易成角透视

成角透视是一种效果比较真实、生动的透视表现方法，常被称为两点透视，其本质特征是有两个灭点。由于具有这个特征，以成角透视形式表现出来的画面比较生动耐看，与平行透视表现相比，效果更真实，更贴近人的实际视觉感受。在前面的平行透视学习的基础上，下面介绍一种简易成角透视。

简易成角透视又称为一点变两点透视。它不是一种独立的基本透视表现方法，而是以平行透视为基础，又具有成角透视的效果，带有折中性的"变种"透视。

下面介绍简易成角透视的表现方法。

步骤一：

首先，按图中所注明南墙的宽度和高度，画出一个长方形，这就是基准面，要比所用纸张略小一些（见图2-56）。

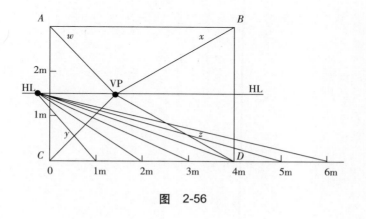

图 2-56

步骤二：

由A引出一条任意角度的直线至x，生成b，由b向下引垂直线至z，生成d，再从d引直线c。通过这个过程画面产生了一个梯形（A-b-d-C），这个梯形实际上就是新的基准面，不过它的其中三个边已经变形，所以它已经失去基准面的意义，而AC没有变形，AC所以实际上

成了"真高线",这说明一点透视已经开始在向成角透视进化了（见图2-57）。

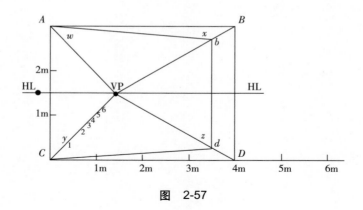

图 2-57

步骤三：

下面计算进深。从y线上的标注1引垂直线穿过线段w，在VP-A线上生成交点g，并与Ab线交于a点，将此点与VP点相连。由b点引水平线与VP-A相交，产生交点c。由c点作垂直线交于线段w，从所生成的交点引水平线到达bd线，生成交点e。连接e点与g点，从eg线与线段x的交点作垂直线至z线，将新产生的交点与y线上的标注1相连，由此，就完成了一个完整的1m进深表现，如图2-58~图2-61所示。

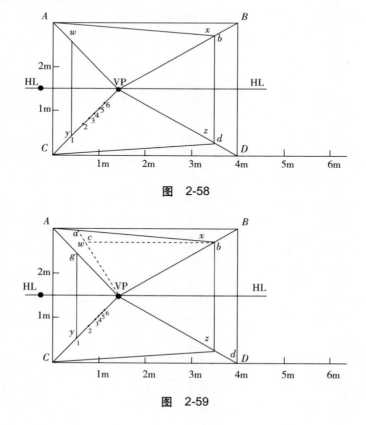

图 2-58

图 2-59

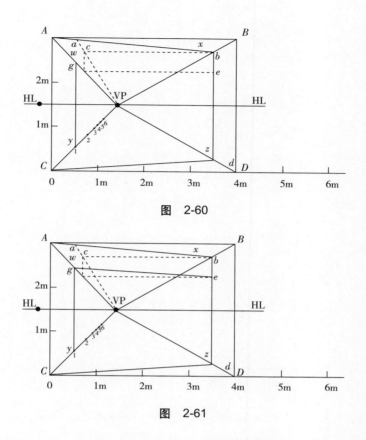

图　2-60

图　2-61

后面依次进行，2、3、4、5、6的进深也按同样方法求得，最终，在6m进深处就出现了一个略微变形的终结面（见图2-62）。

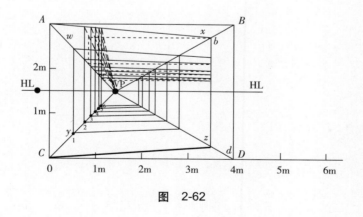

图　2-62

步骤四：

最后画出纵深关系，构成完整的透视框架。从*AB*、*AC*、*BD*、*CD*画好的单位标记分别向VP引线，并在终结面上所产生的交点进行对位连接，最后将形*AbdC*之外的线擦掉，就完成了这个简易成角透视的框架表现（见图2-63、图2-64）。

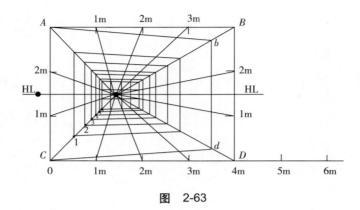

图 2-63

图 2-64

对于这个表现过程，要掌握其中的理解要素和认识环节，以便更加明确这种简易成角透视的表现特征。

2.3 配色的基本原理

本节将详细阐述室内色彩设计的基本原则和方法，并且从家居空间入手，阐述室内不同空间对色彩的要求，以使手绘者在手绘时充分发挥色彩的功效，为业主展现更舒适的室内空间视觉效果。

2.3.1 配色的原则

色彩是光的艺术，因为有了光，人们才能感受色彩的绚丽缤纷（见图2-65）。不论是艺术、商品，还是室内设计，色彩的处理都是其中重要的环节。人们每天辛勤地工作，回到家中放松一天的疲劳，而其中最大的疲劳是由视神经引起的。所以视知觉专家称，居室中良好的配色会增加15%的生产力。

1.色彩的作用

（1）烘托气氛，营造情调　可以运用色彩给人的心理感受的信息，有目的地调节色彩倾向性，以营造设计师需要的画面氛围。例如，白色带有单纯、明快的感觉，灰色带有中性、均衡的感觉，橙色带有温和、快乐的感觉，紫色带有神秘、典雅、高贵的感觉等。

图2-65　配色丰富的建筑水彩画

（2）吸引或转移视线　通过色彩对比的强弱，可以调节在画面视觉中心，以吸引观看者的视线，强化设计主体。在室内突出重点部位，可以强化色彩对比、层次等方法以增强表现效果。

（3）调节室内空间大小　人对色彩的感受是靠眼睛获取的。不同波长的色彩给人的感觉并不一样，其中波长较长的暖色就有张力，会使室内空间面积增大；而波长较短的冷色具有收缩性和滞后感，处于中间波长的色彩则具有稳定的感觉。另外值得一提的是，视知觉心理学的研究表明，色彩的这种收缩感也会随着明度的递减而降低。

（4）材质肌理的表现　当手绘表现达到一定的纯熟度的时候，表现色彩兼顾材质肌理会使作品更上一个台阶。由于各种材料的表面粗糙程度不一，其反射光波的能力也不一样，这也造就了人们对不同物体表面肌理的感觉。例如，黑胡桃木给人厚重、坚硬的感觉；枫木和橡木给人淳朴温暖的感觉。

2.色彩基础

设计色彩学表明，运用良好的色彩知识、色彩感觉绘制出来的效果图不仅能准确地表达室内环境和空间色调，而且能给人创造赏心悦目的感觉。这里罗列一些在绘制效果图时常用的色彩搭配知识。

（1）色彩的对比和调和　两种颜色放在一起与两种颜色单独见到所产生的感觉是不一样的，利用这点可以对色彩关系起到重要指导作用。

（2）色相对比　色相是指各类色彩呈现出来的相貌。例如黄与紫、蓝与橘，类似这样的补色，它们相距180°，可以从色相环上看到它们的对比效果最强烈（见图2-66）。

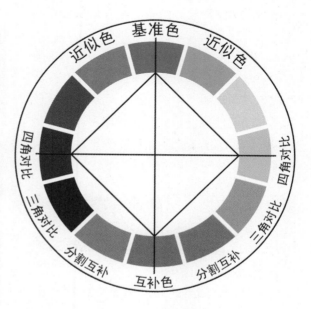

图2-66　色相环

住宅室内设计手绘攻略

（3）纯度对比　纯度指色彩的鲜艳度。有了纯度的变化，才使世界上有如此丰富的色彩。在日常的视觉范围内，眼睛看到的色彩绝大多数是含灰的色，也就是不饱和的色。纯度对比强，画面对比明朗、富有生气，色彩认知度也较高；纯度对比越弱，则形象的清晰度越低。例如，颜料中的朱红是纯度最高的色相，橙、黄、紫等纯度相对较高，蓝绿色纯度则比较低。在实际绘画技法中，同一色相即使纯度发生了细微的变化，也会带来色彩性格的变化（见图2-67、图2-68）。

图2-67　高纯度画法　马克笔　　作者：李贺

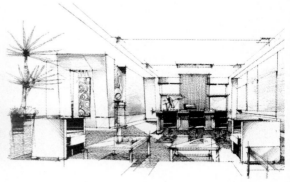

图2-68　低纯度画法　水彩和马克笔　　作者：马珂

（4）明度对比　明度对比是色彩的明暗程度的对比，色彩的层次与空间关系主要依靠色彩的明度对比来表现。如果只有色相对比而无明度对比，图案的轮廓形状难以辨认；同时也有研究表明，色彩明度对比的力量要比纯度对比大三倍（见图2-69）。因此在勾稿时首先用黑色笔，并且在之后习惯先用灰色系画出图面中的明暗关系，再表现纯度高的固有色等，这样能很快看出画面大致效果。图2-70所示为因明度差异产生的视觉心理错觉。

图2-69　同样面积的矩形，黑色矩形感觉小

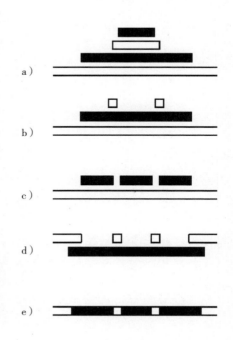

图2-70　因明度差异产生的视觉心理错觉

2.3.2　配色的表现

1.关于配色

人们的生活离不开色彩，色彩能够影响人的情绪，甚至对人的心率、脉搏、血压等会产生一定的影响，所以正确搭配、合理使用色彩相当重要（见图2-71）。大多数人在室内设计中都相对保守，总是反复地使用相同的空间，使用相同的颜色。这恐怕是因为人们缺乏尝试新配色的信心，所以作为设计师更要在手绘创作时就大胆尝试各种颜色组成配色。这方面一个较为生动的案例是韩国济州岛Green Villa酒店（见图2-72）。

图2-71　暖色调的客厅　彩色铅笔　作者：曲小琦

图2-72　韩国济州岛Green Villa酒店

这座酒店在大范围内，使用两种经营者设定的色系，并且使两种色系搭配形成色谱。酒店内所有的配色就像这个店名一样给人留下深刻印象。例如，酒店所有装修均采用绿色系，在此基础上通过各种色彩在色相、明度、彩度进行调整及组合。围绕这一体系形成了将色彩、光线、自然作为媒体，实现感官化的服务特色。也正因为如此，这座酒店在当地酒店中固定旅客入住率连续数年名列前茅，也成为很多电影、电视剧的拍摄场所。

2.配色的原则

室内环境的舒适与否，就好像音乐一样，需要所有的音符、小节都互相协调才会悦耳，所以室内设计配色的提出、色彩主体色调的开发要以整体协调为原则，具体有以下几点：

1）主色调的选择要符合居住者心理和感觉的偏好，符合色彩功效学。

2）在室内色彩的环境设计中，根据希望营造的氛围，可以用色彩来划分感性空间。

3）某些色彩取向要考虑地理位置、风俗文化的差异。

3.配色的实例

（1）配色的分类　室内设计中的颜色直接反映业主和设计师的性格特征，因此空间色彩也拥有了自身固有性格。但是所有的颜色又能触发某些建立在特定记忆和曾经经历的个人情感共鸣。例如，一个人儿时记忆中的颜色可以为她带来亲切感和满足感。根据色彩与心理的微妙联系（见图2-73），手绘设计师应该在绘制效果图之前对房间的颜色配置进行规划，更认真地掌握配色规律，以使配色产生有规律的色调。色彩可以根据很多的方式进行分类，但是适用于室内设计的分类方法是把色彩分为如冷色调、暖色调、中间色调、强对比色调。

红色	橙色	紫色	蓝色
温暖、充满力量、活跃。喜欢红色的人往往积极主动，喜欢掌握控制权。 红色象征着活力，表示善于交际，不安于现状。 家庭中的活动区域可以用红色的装饰。	生机勃勃、充满欢乐。橙色很感性，总能让人感觉良好。 橙色像红色一样让人兴奋，但是并不过分，非常适合装点暗淡的房间。 橙色是快乐友谊的化身。	深邃、浓烈、感性、充满异域情调。紫色能刺激人的感官和大脑。 喜欢紫色的人通常喜欢奢华和夸张的效果。 居住在紫色调家中的人通常喜欢独来独往，与他人相处的时光大都令人难忘。	蓝色代表平静、放松和舒适，特别适合喜欢安静的人。 喜欢蓝色的人通常是聪明，并富有创造力的。 蓝色能舒缓眼神和神经的疲劳，是卧室和休息区的理想色彩选择。
黄色	**粉色**	**绿色**	**黑和白**
黄色明亮、温暖，给人乐观积极的感觉。 黄色象征着快乐、智慧、沟通、交流。 黄色调的室内设计风格代表健康快乐的生活方式，使居住者感到快乐，充满灵感。	粉色总是和值得信赖以及安全感联系在一起，当我们需要安全感时便会想到粉色。 温润、有生机的粉色总是传递着浪漫的气息。 住在粉色系房间的人通常更有爱心，对他人富于同情心。	舒适、清新、整洁。绿色是一种自然、有生命力的色彩。 喜爱绿色的人通常性格随和，容易相处，喜欢随遇而安。 绿色调的室内设计可以营造出安静的气氛，打造一个舒适的港湾。	这两种颜色可营造出简约、单纯的室内环境。在没有色彩的情况下，明暗层次和质感纹理就显得尤为重要。 **中性色** 喜欢这类色系的人往往比较独立，且不喜欢被束缚。中性色系在感觉上能给人更大的余地和更多的自由空间。

图2-73　暖色调给人的心理暗示　　　　　调研：陈霞

注意：

　　设计到了实施阶段，手绘的效果图还需要参照现场的光效应情况。不同的光源下所展现出来的视觉效果是不同的，所以应该在实际照明下对色彩效果进行评估后作出实际调整。

　　（2）配色方案举例　这里介绍的是暖色调的配色方案（见图2-74）。像红色、橙色、黄色这类暖色系颜色经常给人大胆、鲜活、刺激的感觉，这些都源自于太阳和火焰的延伸感受。红色被证实可以刺激食欲，这也是很多餐厅不约而同采用红色的原因（见图2-76），同时厨房设计也越来越流行红色。橙色是一种快乐的色彩，象征了丰收，同时它也是一种难以柔化的颜色，通常可以选配一些淡色，让红色和橙色相对柔和些，例如选配粉红色、淡黄色等。

a）　　　　　　　b）

图2-74　色调A和色调B的色谱　　　　　图2-75　采用色调A的卧室（局部）作者：康旸

a）色调A　　b）色调B

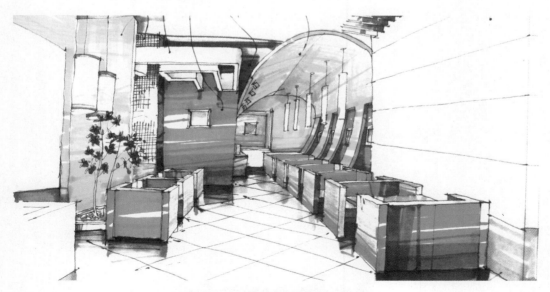

图2-76　采用色调B的餐厅（局部）　　　　　　　　作者：陈杰

暖色调色彩的相互促进，在室内设计中大量采用不同配比的暖色会比单独使用一种暖色更加舒适和"温暖"（见图2-75和图2-76）。

练习：配色

1. 选择一个自己喜欢的颜色，从色相环中找到和它相距120°～180°的两个颜色与它配合成画面。
2. 试着改变自己的用色习惯，练习多种色彩搭配。

第3章
手绘实战表现训练

本章主要选取了家居、植物、陈设物等室内装饰（见图3-1），以实物作为范例进行讲解。要点是不要着色过多，更多留意表现形体，尽量用线条和简单的颜色的方式区分材质、光线等画面要素。

[教学提示]			
教学目的及要求	初步了解室内手绘的常见表现内容，对于家具单体的绘制要全面掌握	教学重点与难点	了解不同家具单体及配景的快速表现，理解配景对手绘作品起到的点睛作用
教学手段	多媒体演示、口头讲述	教学方法	启发、讨论
教学时数	48课时	课后思考	如何在手绘过程中统一设计风格

3.1 室内元素及配景表现

3.1.1 主要材质表现

1.线造型表现法

在正确的透视关系下，仅用线条也可以表现物体的材质，运用线条粗细、曲直、虚实、刚柔等特性（见图3-2），甚至运用笔头的垂直与侧斜都能表现不同材质的质感。如何在设计表现中运用好绘画材料并准确将其传达给受众是设计师造型能力的重要体现。而不同材质肌理（见图3-3）的表现方法也有很大差异。在形态学中，习惯上理解由点构成线，由线构成面，因此各种各样的材质可以进一步理解为通过点线面的运用来表现。平日认真研究室内设计中常见的材质肌理特点是设计师应该强化的认识考察"课程"。例如，窗帘是否可以用较为放松的曲线来表现弹性和柔和；玻璃和不锈钢材质则可否以较为快速而刚毅的线条来刻画；亮部的轮廓线条可以用较硬的实线表现，而暗部也可用较粗的线来相对亮部造成虚化的表现等（见图3-4）。

图3-1　中式风格客厅　　　　　　　　　　　　　作者：曲小琦

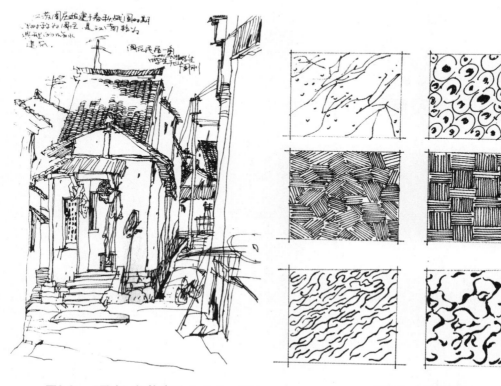

图3-2　《周庄》钢笔速写　作者：周刚　　　　　图3-3　材质肌理　　作者：何颖

练习：材质表现

在一张A3的白纸上，间距7~8cm，临摹（图3-4）材质示范练习，共画16张。

图3-4 材质肌理速写练习　　　　　　　　　　作者：何颖

2.色彩造型表现法

线造型通过线条给画面中的物体添加了坚实的骨架，而一张血肉丰满的效果图还应有明暗和色彩的变化。色彩造型表现法主要是依靠明暗、色彩的变化来塑造形体，用色彩来塑造材质可以比单纯的用线条表现更直观，但要求也相对提高（见图3-5、图3-6）。它可以巧妙地增强画面层次效果，使其变化丰富，增强视觉冲击力。在平时的材质表现中，采用马克笔结合水彩颜料居多（有些作品也会直接采用彩色铅笔或者彩色粉笔）。

图3-5　钢笔表现不同肌理

作者：冯馨丹

图3-6　《花园坐椅》钢笔淡彩表现肌理

作者：叶丽倩

在表现图中的物体由于光线照射会产生黑、白、灰三个大面，而每个物体由于距离光线的远近、质感、角度、固有色所产生的黑、白、灰层次都各有不同。如果细分下来，物体的明暗可以分为高光、受光、背光、反光与投影，在用马克笔、彩色铅笔绘画时要注意这种光影层次的变化，分析各物体的明暗变化规律，把明暗的表现同对体面的分析统一起来。

色彩表现除了要选准物体材质的颜色，在表现材质的表面肌理时应该鼓励创新，多采用不同的媒介塑造。例如，涂改液的白色平时只作为画面手法上的"减法"，其实也可以把它当做画笔做"加法"，达到理想的效果（见图3-7）。

图3-7　涂改液的使用示范

3.综合表现法

对质地的识别和感知能力，直接影响着创作表达，所以一方面要对室内设计中各种材料的表面光泽、颜色组成、反射强度等有较多的了解；另一方面需要在对于同一种材质如何运用不同的绘画材料达到满意的效果作出尝试（见图3-8）。同时培养自己的感知能力，提高经验。值得注意的是，效果图主要由近景、中景、远景几部分组成，形成远近的空间纵深感（见图3-9），一般把中景作为画面主要部分。为了让中景成为画面的焦点，通常将室内的主要单体放在透视线的灭点处，成为视觉中心。加强主体的线描表现，从多角度来对物体材质进行表现。

图3-8　《客厅设计》水彩　　　　　　　　　　作者：张笑盈

图3-9　空间的纵深感

练习：材质体验

　　在同一张纸上画出一些5个4cm×18cm的长方形。
　　要求：使质感由浅变深，体会层次感在物象描绘中的重要性。通过线条的重复来创造一种图案，创造出属于自己风格的各种材质（钢笔或6B铅笔）。

住宅室内设计手绘攻略

3.1.2　植物配景表现

1.配景的绘制

如果说主体方案是肌肉，那么配景就是表皮。植物配景是室内设计手绘的重要组成部分。优秀而恰当的绘制会使画面层次更加丰富，更好地烘托气氛（见图3-10）。学习配景的绘制可以有一定的模式，先要学会常见内容并对其常见的表现模式加以分析。

2.植物配景方法

植物的配景的一般方法有三种：

（1）孤置　它是最为灵活的一种方式，多运用于视觉中心和空间转变处（见图3-11）。

（2）对置　它是较为呼应对称的置景方式，常用于入口、玄关及主要活动区域的两边（见图3-12）。

（3）植物群景　它是多品种植物相结合的置景方式。应注意疏密结合，突出植物的自然性，有可能还可以考虑塑造植物景观的主题性（见图3-13）。

3.植物绘制构图

植物是配景中最常见的内容，在绘制时添加植物也有同样的构图作用。室内植物按形态可分为树状、丛状和束状。

图3-10　植物群景组图　作者：陈柯

图3-11　孤置　作者：许嘉墨

图3-12　对置　作者：陈笑笑

图3-13　植物群景　作者:陈霞

（1）树状　树状形态是配景中较为常见的。它往往由体形较大的室内观赏花木为主，如龟背竹、发财树、滴水莲（又名"滴水观音"）等。在绘制时要专一，不需要过度描绘树种，主要抓住树的形态特征。平时可以多绘制一些户外树木的钢笔速写来强化这种形象概况能力（见图3-14）。

图3-14　植物树状配景组图　　　　　　　　作者：项磊萍

　　（2）丛状　丛状主要出现在室内的窗台（见图3-15）、长条的橱柜等之上，在绘制时要特别注意除了描绘出花盆和植物的关系，还要适当描绘主要丛状形体的植物特征。

　　（3）束状　束状植物形态与前两种形态相比，表现要精致很多。它往往出现在茶几、玄关等容易形成视觉中心的空间位置，因此在绘制束状植物的手绘作品中，它往往是点睛之笔。因此，落笔要简洁、恰到好处，适当配一些较为鲜艳的花色。

图3-15　植物丛状配景　　作者：周雯婷

4. 植物绘制步骤

　　植物绘制的方法有很多，在室内设计手绘中，植物大多起调节画面气氛和构图的作用，因此对于它的描绘要恰到好处。以下介绍的是室内植物绘制的一般步骤：

　　在描绘室内设计的植物时，首先，要确定好受光面（见图3-16）；其次，要注意到不同植物枝叶的形态特征（见图3-17、图3-18）；第三，处理好植物内在的隐秘关系；第四，有经验的室内设计师还会从效果图的结构及表达意图需要，对各种位置的植物从形态到色调进行调整，例如，近景植物阴影画得深，越往远画得越浅（见图3-19），力度也越轻，这样可以增强画面的幽深感。

　　作为辅助练习，初学者可以先增加速写练习，锻炼概括处理复杂形体的能力。

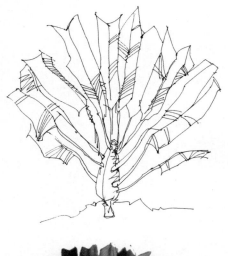

图3-16 植物绘制（一） 作者：方舒

图3-17 植物绘制（二） 作者：许嘉墨

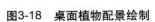

图3-18 桌面植物配景绘制 作者：海鹰

图3-19　群植练习效果　　　作者：袁柳军

练习：室内植物写生

　　选用A3纸进行钢笔速写。在此基础上练习用水彩或马克笔上色。注意植物形态的组织、概括、主次、阴影等要素（见图3-20）。

图3-20　植物配景习作　　　作者：曲小琦

3.1.3 家居单体表现

1.家具表现综述

家具陈设应该与设计风格相一致，它包含着社会文化、民族气质、地方特色，以及居住者个人的文化修养和精神内涵。家具陈设具有视觉的吸引力和心理的感染力，在绘画时如何选择和布置陈设，如何处理好家具与空间之间的关系，是需要在实际练习中慢慢体会和运用的（见图3-21、图3-22）。考虑到有些室内效果图还会有人物配景，本节还会在最后简单介绍人物配景的绘制。

图3-21　客厅家具　彩色铅笔　　*作者：廖勃*

图3-22　别墅室内效果图（局部）　　*作者：何宝庆*

2.几何体画法

在学习室内配景陈设前，先要进行一些几何体着色的练习。室内家具形式有很多，但大多可以归纳成若干的几何体。同时，通过前面关于透视的学习，可以在这个过程中体验从准确的透视表现到肌理表达的技巧。

（1）几根线条快速勾勒出几何形轮廓　每一笔尽量要画准（见图3-23），线与线的交界可以出头，不要空出，始终把握"近大远小"这一概念。

（2）素描关系　素描调子能增加形体的立体感，在确定调子时一定要分出"黑"、"白"、"灰"三大面。在运笔上要顺着形体结构的转折方向画，并要注意笔触的宽窄强弱变化。画圆形的物体需要强调交界线和投影，但要考虑色调的过渡（见图3-24）。巧妙的摆动笔触可以增强画面的生动性、艺术性。

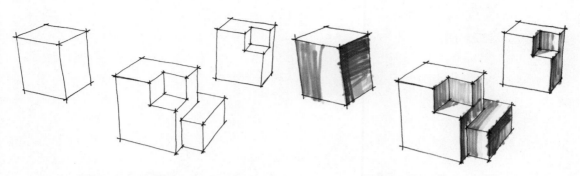

图3-23　几何画法（一）　*作者：方舒*　　　图3-24　几何画法（二）　*作者：方舒*

3.沙发画法

沙发是家具的重要物件，其形态和种类很多，有传统和现代之分，按材料又可分为布艺、皮革、藤制、实木等类型。沙发的表现可以根据不同的质地运用不同的画法。

（1）起稿　无论画什么室内配景，都要注意起稿前先要考虑比例问题。如果没有比例把握，可以先在画面上点出物件空间中轮廓的四个顶点，顶点通过视觉围合而成的区域应能准确反映它在空间中的大小。起稿开始后，按照先大后小的几何形切割画法，逐渐切分画出小的形，画小的透视同时要参照之前画的大几何形。当达到一定的熟练程度，应该追求线条的简洁、流畅、准确，运用线条的顿挫、缓急来表现结构的虚实（见图3-25）。

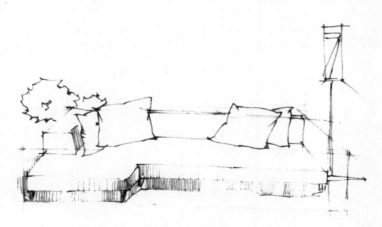

图3-25　沙发绘制步骤（一）

（2）着色　着色要注意之前几何法中提到的三大面（"黑"、"白"、"灰"），根据固有色选择暗部的颜色，从明暗交界线往暗部排笔，不需要涂满，有时可以利用较浅的颜色或彩色铅笔上色，这样既透气又有变化，加强了光感和空间感（见图3-26）。注意，也有种画法是先上灰色马克笔，以表示出暗部和灰部，再画上固有色，这种画法对固有色和灰色的穿插交织有一定的技法要求，可以在实践中熟悉技巧。

住宅室内设计手绘攻略

图3-26　沙发绘制步骤（二）

（3）增添细节　细节可以营造出部件的视觉中心，强化空间关系。沙发上的靠枕、扶手等都是必要的细节，注意其固有色和光影的表现是重要要求。沙发有不同的肌理，需要不同的画法，例如，沙发表面雅致，在画出整体基调后配上花纹，最后进行造型上的调整（见图3-27）；皮制沙发质地紧密、有光泽，可根据造型不同利用笔触的衔接加以塑造，用白色颜料或修正液提亮高光，修整缝隙。图3-28~图3-30所示为一些沙发画作实例。

图3-27　沙发绘制效果　　　　　　　　　　　　　作者：陈书斐

56

图3-28　系列沙发　　　　　　　　　　　　　　　　　作者：方舒

图3-29　组合沙发　　　　　　　　　　　　　　　　　作者：廖勃

图3-30　组合沙发　　　　　　　　　　　　　　　　作者：何颖

4.玻璃茶几画法

　　只要是光滑的材质都会有倒影产生。在倒影用色上一般选择比物体固有色略灰或略深、略浅。画近处物体倒影时，用色要考虑地面固有色和物体固有色。先把物体接近地面转交或边缘的部分用略深、略重的颜色压一下，而后把笔正过来，用宽笔触由上向下排列，产生上实下虚的过渡（见图3-31）。

图3-31　倒影画法示意

练习：绘制茶几

　　画笔配合直尺使用，塑造一个有玻璃台面的茶几，可以尝试将涂改液（笔）运用到画面对玻璃的表现中（见图3-32）。

5.卧床画法

　　卧床在卧室空间中是一个重要的部件。在表现卧室的效果图中，卧床往往会被塑造成视觉中心（见图3-33）。在床体的表现中应充分考虑床的结构、功能及造型的综合表现。适当描绘床面的花纹和有不同质感的物件都会相当具有表现力。

图3-32　茶几绘制　　作者：陈玉琢

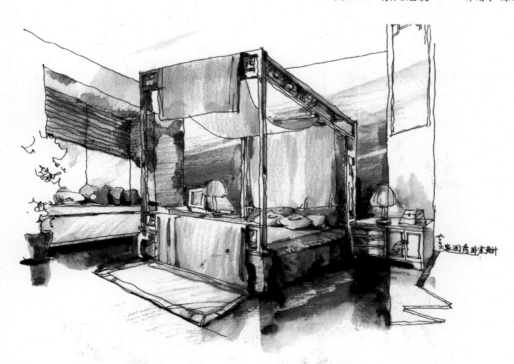

图3-33　卧室的视觉中心

6.其他家具

图3-34所示为椅子系列。图3-35所示为配景绘制。

图3-34　椅子系列　　　　　作者：朱艳妮

图3-35　配景绘制　　　　　作者：金开、廖勃

7.人物画法

人物是作为次要的因素出现在画面中的，所以，不需要过分强调修饰，人物最主要的意义在于平衡画面构图及营造氛围。在画法上，可以依靠不同的绘画技巧去表现。一般来说，在同一幅画面里，人物和周围景物的表现风格应该是一致的。

在这里单独讲到人物，绘制人物的过程其实就是人物速写的过程（见图3-36）。当然，这里的人物是次要的，是陪衬，而不是画面主体，且不一定是写生，或临摹，或默写，或来自照片和画刊。同时，人物又是一个非常活跃的和自由的因素，可以借助人物来协调画面，衬托气氛；或是传达画面中的某种信息，如季节、场合、趣味等（见图3-37）。若一幅画面里的人物能画得生动活泼，并与所要表现的环境相协调，就可以得到更好的效果。

图3-36　人物形象白描　　　作者：叶丽倩

图3-37　人物形象　　　作者：杨敏

3.2 手绘表现的分步训练

在手绘表现的选择上，有时需要在很短的时间内让客户了解设计意图；而有时需要让客户有更多的时间通过详细的图面"陈述"来决定采用何种方案。这里将基本的训练也分为两类来分别讲述，一类是快速表现类型，另一类是深入表现类型。

3.2.1 快速表现类型及技法攻略

1.快速表现综述

一张快速表现图的绘制绝非手熟即可，设计理念、透视的选择、线条、色彩的运用等综合因素汇集在一起才能正确表达设计思想（见图3-38）。住宅室内空间是设计师工作中最常见的设计项目，由于建筑房型的多样化，室内空间变化也较为复杂。在设计初期为了更

图3-38 中厅效果   作者：袁柳军

好地和客户交流，许多人会采用徒手勾线与马克笔相结合的方法，这样能在最短的时间内表达设计构思，便于尽早定下方案以履行下面的设计任务（设计合同）。绘制快速表现图已成为设计师的一种基本功，需要设计师具备丰富的设计经验，对空间布局效果有一定的预见性，同时还要熟悉室内装饰材料的不同特点。

2.居室餐厅效果图绘制过程

步骤一：在设计构思成熟后，确定表现思路（如表现角度、透视关系、空间形体的前后顺序等），用铅笔或油性签字笔（选择的笔与之后使用的水性颜料不相溶即可）。

步骤二：继续使用铅笔或签字笔进行构图。通常从空间四周的墙面为依据，确定整体透视关系，并以其作为参照绘制家具和配景的透视及比例关系。透视要逐一对线条进行合理运用，包括运用不同类型的线条塑造不同材质的形体（见图3-39）。

图3-39　步骤二

步骤三：用签字笔勾出部分墨稿。这些部位主要集中在画面物件的轮廓及大转折处（包括家具的外形、视觉中心的配饰细节等）同时注意画面中的黑、白、灰之间的关系，以增加画面的效果（见图3-40）。

注意：

勾勒完的黑白墨稿不易修改，所以在绘画前要再三检查画面中各个部位的正确关系，绘制时一气呵成是你的目标。

图3-40　步骤三

步骤四：进入上色阶段。快速表现目前使用比较多的是马克笔和彩色铅笔相结合的工具组合，这是因为它使用最方便。上色的基本原则是由浅入深，充分考虑画面的整体色调，合理配色。先用中性灰色马克笔画出明暗关系，为下一步上色打好基础（见图3-41）。

图3-41　步骤四

步骤五：采用不同明度、纯度的马克笔逐层上色，进一步确定形体，使重要的部分显得更加详细和突出。通过拉开画面的明暗、色彩关系，增强空间感。

步骤六：绘制室内的配景，一般从画面的视觉中心开始，先根据对象的固有色、材质肌理，整体描绘物体在空间中的中间色和暗部。随后采用同色系低明度的色彩再次绘制暗部，同时注意物体的形体转折、材质肌理及光影等问题。

步骤七：在上色时要注意通过笔触的虚实、轻重等变化来表现对象。对于环境中色彩相近的物体，绘制时如果要各自表现它们，应该尽量拉开它们的虚实关系，尽量做到同步处理。

图3-42所示为客厅效果示范图。

图3-42　客厅效果示范图　　　　　　　　　　　　作者：康晹

最后，对画面进行最终的调整，试着问自己一些问题，如：主体是否突出，是否需要进一步刻画细节，画面局部的光影效果怎样，材质质感如何，整体基调中是否可以加入些冷暖对比等。

住宅室内设计手绘攻略

注意：

　　颜色不需要太多，要学会在适当的地方留白。将色彩全部填满在快速表现绘制中是不可取的，它会使画面不再明快，而且把握不好会产生脏乱之感。在步骤三中剩下未勾勒的一些比较次要、空间关系弱的部位，可以在最后调整中勾勒或点缀，如植物、远处的环境等。

3.2.2　深入表现类型及技法攻略

1.深入的室内空间表现

　　快速表现效果图可以在短时间内使得委托方了解设计师的设计意图，而深入的室内空间表现图的意义在于制作出与现实设计更为接近的效果。鉴于数字技术的发展，深入表现的工作被精确的计算机制作的效果图逐步取代，不过这并不影响设计师对设计有更周到的规划，为自己和周边的人描绘与设计有关的美丽作品（图3-43）。欧式风格的室内表现是最挑战设计师耐心的作品，其最大的难点是如何逐步地表现装饰和细节繁琐的家具等。在平时练习中，需要积累和临摹一些欧式风格的素材，注重比例、细节的绘制，但要注意不能过于琐碎，下面的案例将对此进行解析。

图3-43　欧式建筑效果图　　　　　　　　　　　作者：袁柳军

2.案例示范

内容：阳光休息区。

透视：两点透视。

表现工具：拷贝纸、铅化纸、铅笔、针管笔、马克笔、彩色铅笔。

预计时间：4h。

步骤一：平面图。从平面图中选择最佳表现角度是画效果图的起点，选择好的角度不仅可以很好地表现设计意图，同时也会令画面本身产生感染力。所以，需要在绘画前认真研究平面图，必要时先画一个平面草图，在"布置"好平面图的基本家具装饰后，多定几个视角分析（见图3-44）。

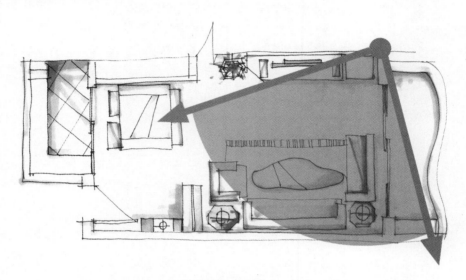

图3-44　步骤一

步骤二：绘制透视。两点透视将会比单点透视复杂些，由于第2章对此有较为详细的讲解，这里就不再复述。值得注意的是，灭点的高度要根据画面内容来定，一般在画面高度的1/3处为宜。用铅笔画出空间大框架（见图3-45）。

图3-45　步骤二

步骤三：勾勒线稿。首先勾勒近景或中景的物体，远处的物体如果不是大转折可以进行较为概括的表现，这样的处理方法使画面形成视觉中心在近景或中景处（见图3-46）。力求做到画面的细致紧凑，线条组织虚实结合。手绘的过程注意收放结合，铅笔稿相对于钢笔勾勒是一个放的过程，钢笔的勾勒将主要的形体及转折有意识收紧，形成松紧结合的形式感。

图3-46　步骤三

　　步骤四：上色阶段。先用马克笔将画面的黑、白、灰调子拉开（见图3-47），注意笔触的变化，马克笔的覆盖性差，淡色无法覆盖深色，所以要注意上色的程序，先浅后深。确定好空间中的大色块，注意色彩的对比与协调，把握好其色块的面积。控制画面的整体色调，运用好马克笔的笔触变化可以克服画面呆板。

　　步骤五：调整深化。这个步骤是深入表现和快速表现技法区别最大的部分。有选择的深化细节形象，使主要的形体、效果更加突出（见图3-48）；在这个基础上不断完善和调整画面各个角落的形象、色彩等。

图3-47　步骤四

图3-48　客厅效果示范图　　　　　　　作者：康旸

第4章
室内设计方案创作与表现

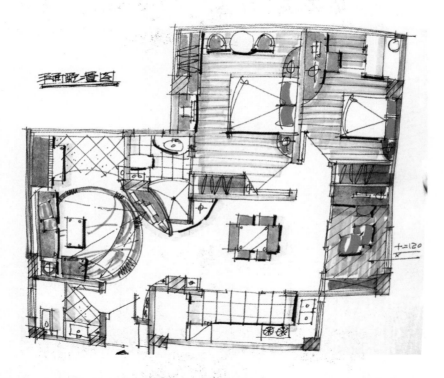

手绘设计总置图

本章将从实验性空间设计到设计实践进行详细分解，着重讲述一些具体的室内设计创作与手绘表现的方法，同时对一些重要的设计思想作出阐释。从创作的类别上，本章选取了具有现实代表性的两类室内设计，即小户型以及大户型的设计实践，以其在不同的分析表述中增强读者对不同尺度空间、不同业主要求的设计控制力。

[教学提示]			
教学目的及要求	结合小户型设计课程理论，掌握其设计手绘表现特征，初步了解大户型室内手绘的步骤	教学重点与难点	创作方案与表现方案的理解与结合；设计从草图、方案一直到施工完成过程中，手绘起到的不同作用
教学手段	多媒体演示、口头讲述	教学方法	示范、现场指导
教学时数	32课时	课后思考	整合出各种户型设计的手绘注意事项

4.1 "80/90" 实验性住宅室内表现

4.1.1 关于 "80/90" 的认识

"80/90" 有两层意思，最重要的含义是指第一批国家实现计划生育的人群，现在也有泛指1980年以后出生的所有中国公民，他们均出生在中国改革开放后，普遍为独生子女。

"80/90" 后的孩子接受过义务教育，经历了多次教育改革，虽然体验过 "减负"、"素质教育"，求学时承受更多的还是学习压力、升学压力。当他们刚刚成家立业就遇到了与他们从小早已习惯的生活环境大相径庭——多年沿袭的 "铁饭碗" 被打破了，他们更多的要靠自己奋斗，巨大的压力使他们绝大部分时间都放在了工作上。同时，由于 "经济全球一体化"，世界各地的物品均涌入中国，各国交流日益广泛，而 "80/90" 对新事物的接受能力较强，在审美观和价值观方面也与前人有很大不同。他们的思想与理念与老一辈中国人有很大的不同，有着不同于前人的价值观和行为方式。

"80/90" 作为数字既代表一代经历中国巨大社会变革，正在逐渐成为现代中国社会建设的中坚力量，又代表着这个年代具有规范代表性的普通居室面积。这个区段面积的户型是中国目前在政策上鼓励广大民众选用的。它可以基本满足一家三口的居住，紧凑合理。而在设计师的眼中，它也是一个值得研究的户型面积区间，设计得巧妙可以给业主更多的实用性、舒适性。而随着人们生活水平的大幅提高，也有部分精英人群有能力购置更大面积的户型。当然也要看到在小户型的研究方面许多发达国家已经走在前端，例如日本一家四口20m²小户型室内设计、美国曼哈顿市中心14m²小户型室内设计等这类案例都值得我们好好学习借鉴（见图4-1）。

因此，本节教学实验以80/90（单位：m²）为给定面积范围，让学生根据不同的业主需求进行设计。此环节在高校室内设计课程的总课时为32课时（理论8课时、制作24课时）。

图4-1 小户型书房 作者：梁志天（中国香港）

4.1.2　90m²实验设计的构思

　　室内设计手绘虽然是一种表现技法，但要真正做到既能完整地表达设计意图又有艺术感染力，并不是一件容易事，如果要加强这种综合设计能力的训练培养，可以从画设计草图开始（见图4-2）。

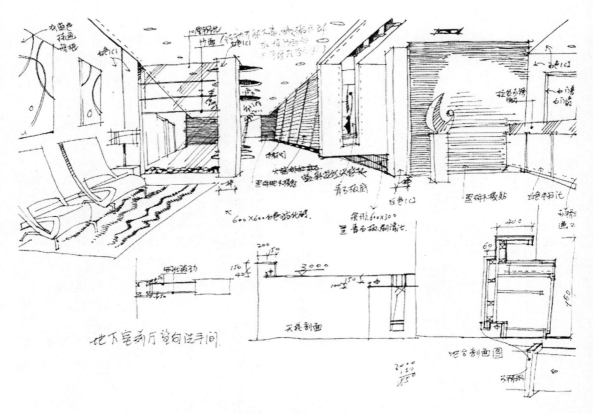

图4-2　别墅地下室前厅设计草图　　　　　　　　　　图片提供：方舒

1.手绘与设计思维的兼备

　　手绘与设计思维是密不可分的，设计师需要吸收各方面的知识来提高设计思维的水平，要在高度敏捷的手绘过程中表达较好的设计水平，一个优秀的设计师必须兼备以下几方面的素质：

　　（1）全面的综合素质　室内设计是一个综合性的学科，涉及数学、文学、建筑学、物理学、景观建筑学、植物学、心理学、统计学等，决定设计水平的往往不是哪一个知识板块优势，而是受知识短板的限制，所以除了专业知识和技能外，要不断提升审美能力，要具备广博的知识。

　　（2）能处理好整体和局部的关系　就如绘画艺术，如何处理整体和局部的关系是一个难点和重点，特别是初学者容易迷失在繁缛的细节之中，一味地侧重家具、人物、树木等局部的描绘，而对于整体效果却束手无策。解决这一问题，需要有扎实的基本功，对空间与整体能准确概括、精确提炼，同时也需要明确设计意图，灵活确定表现的侧重点。

（3）敏锐的洞察力　设计师应具备对时尚敏锐的"嗅觉"，并且多观察周围丰富多彩的世界，关心生活的点滴，用一双"美"的眼睛去发现有意味的形式并进一步发掘设计内涵。

2.构思与设计草图

室内空间构思的方法在室内空间设计中通常是以主题构思法来引导室内设计展开的。室内空间设计主题构思法是指设计师为了形成某种明确的创作意图所进行的逻辑思维活动。这种活动在构思的初期阶段往往表现得比较强烈，其展开的过程大致可分为两个阶段：

首先是设计情景的综合分析阶段。当设计师在接受设计课题后，要想顺利地展开设计，就必须将所有收集到的材料、所面对的条件、所遇到的问题，作分门别类、归纳分析，当这个阶段结束时，构思的主体已经对其所面临的设计情景有了初步的理解。这个阶段可以看做是构思的准备阶段，一切必要的信息都应该在此期间获得。这个阶段的工作越充分，对设计构思发展越有帮助。建议采用表格法和模型法（见图4-3）来进行这样的综合分析，这点在之后实例分析中会有详细介绍。

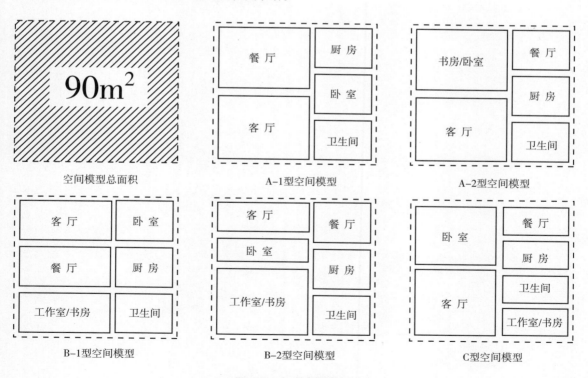

图 4-3　各类空间模型

其次是设计情景的价值判断阶段。该阶段的任务主要解决包括设计基调的确定，创作风格倾向的选择以及对问题实质的把握等。这里主要包含两个方面的含义：第一是定调和取向。这是这个阶段的首要重点，是构思主体对整个设计的宏观把握，在很大程度上决定了设计发展的方向。它充分体现设计者的主观倾向性和个性偏爱的价值判断活动。第二是问题实质的把握。所谓问题的实质，是指在设计的情景中具有重要作用的要素，构思主体一旦抓住了这个关键，就有可能为构思打开突破口。其实，对实质性要素的把握并无一定的规律，在很大程度上取决于设计师的主观修养和艺术造诣，用发现的眼光去感受，并能对此作出独特的解释。设计情景中的实现要素通常出现在环境和功能因素上，设计师通过对环境或功能中的某个重要特征或内涵的把握，从而可望形成不同寻常的设计构思。因此，从某种意义上说，能否抓住问题的实质，是能否形成新颖构思的重要前提。

从设计流程来看，手绘草图是图形思考之后的一种设计表达方式，手绘产生各种图形的过程其实就是设计思考的痕迹，它们之间并没有明显的阶段性界线。从思维的角度来看，手绘草图是从抽象逐步走向可视化的过程（见图4-4）。另外，构思画草图需要快捷、简洁、大胆。因为有些设计灵感是稍纵即逝的，很多时候寥寥几笔，点到为止，却能精准地表现出设计物象。手绘草图的核心特点之一就是快捷，它抛开了细节和绘图工具的束缚。优秀的设计师在平面布局形成的同时，空间形象也已经同步产生在脑海里。从功能设计方面来看，平面布局相当关键。将平面布局转化为空间形象，在生成详细带尺寸标准的图纸前，以高度概括的手法删繁就简，加强主要内容的处理，形成概括而明确的效果。

把满足业主一切日常生活基本需求的所有元素在设计方案中体现出来。这些生活需求的基础设计必须得到业主的认同。基本需求得到认同之后，便进入到对于方案的视觉效果及形象实现的共同认可上来。

图4-4 客厅设计方案草图 作者：袁柳军

第4章　室内设计方案创作与表现

4.1.3　设计实例解析

1.设计背景与要求

本案例是一套小型公寓，通过具体的形式语言来体现现代单身贵族居住空间的生活理念及价值标准。

（1）空间现状　工程面积为90m²，主要材料为玻璃、不锈钢，空间格局为二室一厅、一卫。

（2）业主情况　25岁，女性，青年设计师，月收入8000元；追求时尚，跟随潮流，但并不盲目随从；平时不常在家，烹饪方面不是很精通；喜欢聚会、唱歌、跳舞、健身。

（3）业主要求　采用白色调，以现代简约风格为主，使人感觉活泼、舒适。

图4-5所示为本实例的原始平面图。

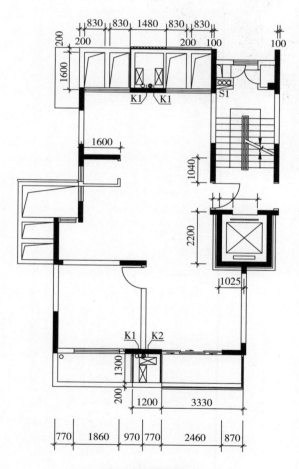

图4-5　原始平面图

注：1.除注明外，门居墙中设置或门垛净尺寸60mm，60mm门垛预混凝土柱，与柱一起浇捣。

2.消火栓留洞S1：750（W）×1850（H），洞底离地0.150m，洞深同墙厚。

3.K1为空调留洞φ80mm，洞底离地2100mm，洞边离墙40mm；K2为空调留洞，φ80mm，洞底离地150mm，洞边离墙40mm。

图例：●地漏　○水管或通气管　☒空调室外机示意图

75

2.设计前的综合分析

根据以上的任务书，可以进行分析，尽快确定空间分布（见图4-6）。

首先，工程的面积不大，在功能分区上要进行调整。参照之前学习的功能分区模型，选择合适的模型（见图4-7）。这个空间模型要满足业主三点生活特点：①不常在家做饭，不是很精通烹饪；②要在家里工作，主要是设计上的事物；③喜欢聚会、唱歌、跳舞等。

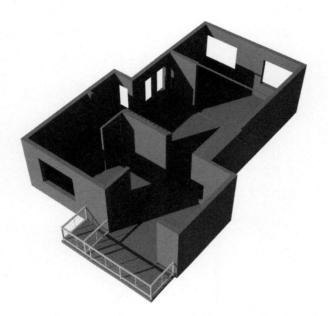

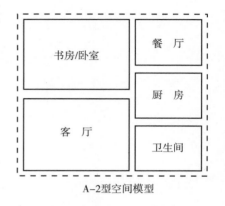

A–2型空间模型

图4-6 空间现状鸟瞰图　作者：廖勃　　　图4-7 采用的空间模型

其次，进行空间大小的具体分配。根据不时常使用要求，直接把厨房和餐厅空间压缩了；根据业主喜欢聚会的功能要求，计划将客厅的空间留得比较多。在设计中，为业主提供了一个健身的小空间，方便其做有氧运动。业主除了一般的休息娱乐以外，平时还有在家做设计的习惯，故在空间中设计了一个大小合适的书房。

再次，确定风格及选用材料。整体选择业主要求的白色调没有问题。但由于业主性格活泼，喜欢定期变幻风格，故在家具设计方面，大量使用可以拆拼的家具，可以在短时间内搭配出不同的风格。另外，室内空间开敞、内外通透，在空间平面设计中追求不受承重墙限制的自由。至于室内的分隔则大量使用透明或半透明的材质，这样比较适合单身的生活特点。本案的设计中，把门都做得很大，这样空间可以随着时间变化而随意变幻。

最后，检查空间布局上的遗漏，完善初步方案。选择任何一种"空间模型"都会有相应的缺点，如何规避和弥补这些不足，是这一阶段的要求。例如，把书房空间拉近客厅，这样可以利用书房的门打开，将两个空间就地拼接在一起使客厅变大，这些都有助于满足业主要有足够的空间的要求；还可以考虑使用折叠式设计的家具，大大地减少了占用的空间。如果有条件还可以在客厅吊顶用电动屏幕，配合微型天花投影机，使业主在家里像是在电影院里一样，非常舒适。

3.平面布置图

对于平面图的绘制，习惯上把这一设计过程称为平面布局，如图4-8~图4-10所示。平面图的绘制不容忽视，因为在其生成过程中，整个空间布局、尺寸、用材都已经在设计师头脑中形成系统的框架，为了下一步设计打好基础。对于手绘效果图来说，它也是相当重要的基础工作。

在设计过程中运用粗直的线条关系和简单的空间结构来划分空间，能进一步选择最佳角度、空间、色调或表现设计的风格。

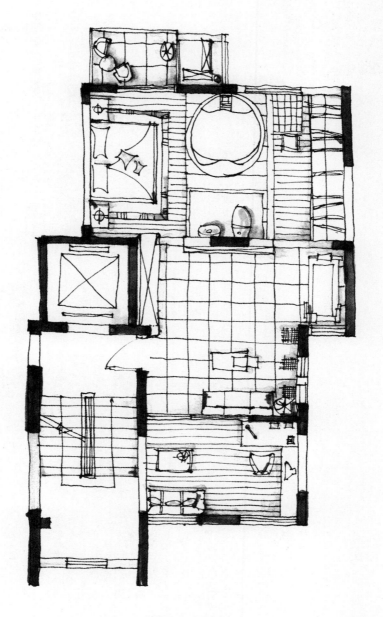

图4-8　方案　　　　　　　　　　作者：钱杰

图4-9　设计创作过程

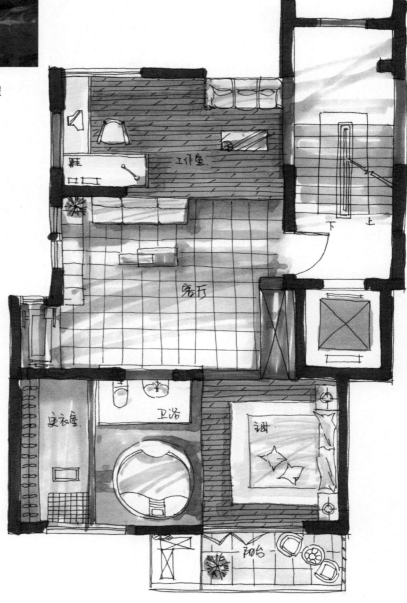

图4-10　平面效果图　　　　作者：康晹

4.细部及家具陈设意向（见图4-11~图4-14）

图4-11 入口设计草图 作者：陈书斐

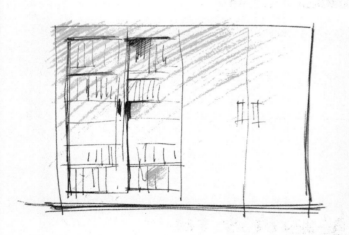

图4-12 家具设计草图 作者：廖勃、何颖

图4-13 餐桌设计草图 作者：廖勃

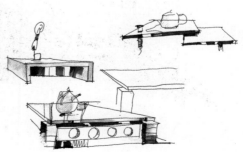

图4-14 家具设计草图 作者：廖勃

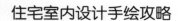

5.设计效果图表现

（1）书房　书房也是业主的工作室，业主的职业有在家中完成设计稿件的要求，把书房设计在房间的北面，占地面积小但功能基本能满足如图4-15~图4-17所示。

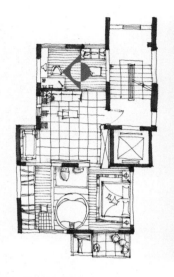

图4-15　书房平面示意图

图4-17　书房电脑渲染效果　　作者：张帆

图4-16　书房效果图　　作者：金开

（2）卧室 卧室位于房间的南面，这个卧室的特别之处在于，它和一个半开放式的圆形浴缸融为一体。下沉式浴缸在整个房间中也成为一道风景，为空间增色不少，如图4-18~图4-20所示。

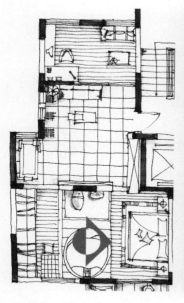

图4-18 卧室平面示意图

图4-20 卧室电脑渲染效果 作者：张帆

图4-19 卧室设计 作者：冯馨丹

81

（3）客厅　客厅是整个住宅中最重要的区域，根据业主多样性的要求，这里的空间划分和设计都体现出了多功能性。客厅既有餐厅，又有休息交流区，而当它和书房的隔断打通，又变成了可以开朋友聚会的"大"会场，如图4-21~图4-25所示。

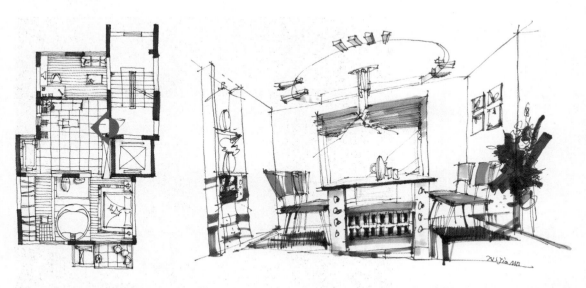

图4-21　客厅平面示意图　　　　　　　　　　图4-22　小餐厅的设计草图　　　　作者：许嘉墨

图4-23　客厅室内效果图　　　　　　　　　作者：陈杰

图4-24　客厅效果　　　　　　　　　　　　　　　　作者：金开

图4-25　客厅设计方案　　　　　　　　　　　　　　作者：陈杰

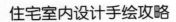

住宅室内设计手绘攻略

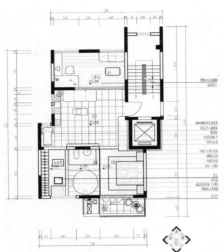

在设计方案确定的最后阶段，普遍使用计算机制作CAD图和效果图（见图4-26和图4-27），手绘的使命到此已圆满完成。许多业主和设计师喜欢收藏这期间一些精彩的手绘作品，为客厅和过道增添特别的装饰。

图4-26　平面布置图

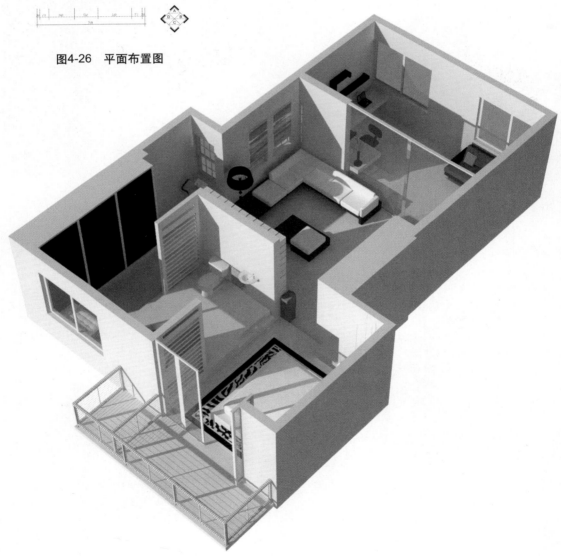

图4-27　最终鸟瞰效果　　　　　　　　　*作者：廖勃*

4.2 大户型设计表现

4.2.1 大户型空间特点与设计构思

对于大户型，在设计思考上，首先是进行功能和立意的思考。和小户型业主相比，大户型业主有更多的空间和功能以及个性的设计需求。个性和谐的设计，要考虑到室内空间的所有细节之处。特别是面对别墅、联排别墅（Townhouse）、跃层住宅（见图4-28）等大户型居室，更应注意由于面积大而引发的系列问题，许多问题也是进行设计手绘时应该提前了解的。这些更多的需求如下所述：

1.各种功能区间的增加

空间扩大就能满足更多业主的细微需求，因此很多大户型空间会增加保姆房、洗衣房、中控室、锅炉房、娱乐室、酒窖、视听室、烧烤处、宠物间、游泳池等区域。根据业主的需要，在原有基本功能分区的条件下适当增加空间的多功能性。

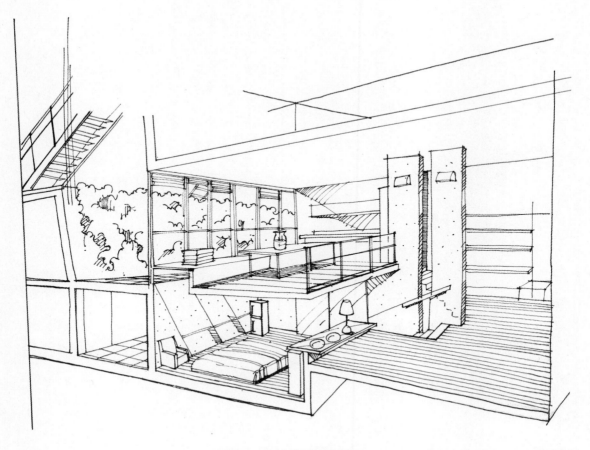

图4-28 大户型住宅剖面   作者：张笑盈

2.软装饰的选用

大户型由于空间大，相对室内设计及陈设就没有小户型紧凑，为体现设计风格和业主气质等细微的变化，会多采用软装饰的设计搭配。诸如考虑增加大型地毯、壁挂、工艺品、绘画作品等这些在小户型不易布置的物品，软装饰近几年日益受到业主的重视，这也对于减弱空间的空旷感、营造视觉中心具有积极作用。

3.对各类细节的重视

例如：老人房间装修浴室时应格外注意安全性；家中楼层较多，要安装智能家居系统保证安全；安装超大按摩浴缸时应留意楼板承重；由于厨房挑空高，因此烟道设计要合理等。

在诸多需求的背后，设计师应该注意，随着空间尺度的放大，空间的功能和单体空间的布局都发生了变化。在满足业主基本需求的前提下，发挥大空间的空间优势，主动地为业主深入设计，这对设计师提出了更高的要求（见图4-29、图4-30）。

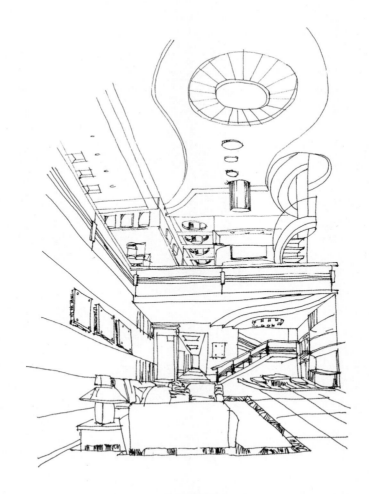

图4-29 欧式住宅室内效果 作者：方舒

图4-30 欧式住宅外立面设计　　　作者：叶丽倩

4.2.2 设计实例解析

1.设计背景与要求

某处山顶别墅室内设计如图4-31所示。

（1）空间现状　工程面积为460m²（见图4-32），房屋位于山顶，含车库、地下室、户外花园、景观水池。

住宅室内设计手绘攻略

（2）业主情况　女性，27周岁，职业医生，学历为美国留学归国博士，其他居住成员包括其外婆、母亲、父亲、丈夫，工作人员包括保姆一名，饲养两只大型犬。

（3）业主要求　营造酒店式风格（如喜来登酒店）；业主外婆喜欢养花；要求有阳光淋浴房、宠物房。

图4-31　住宅现场图　　摄影：魏民

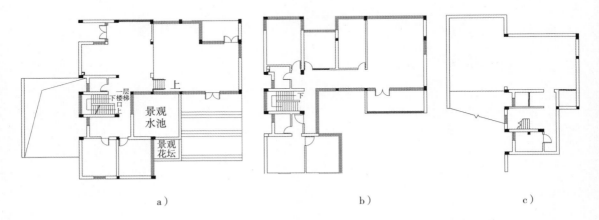

图4-32　住宅原始图

a）一层平面图　　b）二层平面图　　c）地下层平面图

2.设计前的综合分析

业主是一名美国留学归国医生，希望在新宅的设计上体现诸如喜来登、希尔顿等的酒店式风格，这也是符合该建筑风格的初步想法（见图4-33）。业主希望呈现出一种"低调的

88

奢华"。的确，奢华并不是奢侈，奢华可以纯粹到只是一种感觉，同时它也体现出一种高品质生活的追求。在室内设计中运用丰富内涵的细节，将材质、工艺、风格形式以一定的方式有机结合，将是此项目的关键。在此案例中，设计原则是把握住华而不艳、概括、高贵，不流于世俗。以上这些分析是看了案例基本设计背景后的基本想法。

图4-33 住宅现场组图 摄影：魏民、金佳音

　　由于大户型空间的设计要求比小户型复杂些，所以一开始就要理出头绪，首先需要更加周密地了解业主要求，把它系统地记录下来。在实际操作中，常用表格（见表4-1）来梳理这些信息，然后可以通过小户型设计思考的基本室内空间规划来开始，绘制草图以找出合理的布局。

表4-1 室内设计工程信息表　　　　　　　　　整理：翁思怡

阶段	内容	细节		室内设计师备注
		项目	成果	
前期准备	业主沟通	了解设计要求	文案	尽量主动发现问题和特质
	设计组	案例及模板导入	相似案例	找出近似案例，尽快完善模板库
提案阶段	项目任务规划	总体分配	项目进度表	总体分配：项目内容、时间、人员、工作量等
	平面布置	平面布置框架	草图、电子演示	此阶段签署合同
		有效资料选定		
		交通流线图		
初步设计	整体风格	酒店式（喜来登）		低调的奢华
	居住者	业主夫妇、父母、外婆、保姆		宠物犬（2）

（续）

阶段	内容	细节		室内设计师备注
		项目	成果	
扩初设计	M1	南花园	水池（静态）	
	M2	北花园	樱花，苗木葱郁，设置烧烤处	需详细苗木清单
	M3	西花园	主户外休憩，阳光晾衣间	
	M5	北出口	宠物屋	尺寸特定要求
	B1	玄关	座位，拴狗，鞋子较多	
	B2	客厅	花园入口、半封闭	
	B3	视听室		
	B5	餐厅	6~8人	
	B7	客房	两人，今后改儿童房或活动室	
	B8	外婆房	宽敞、舒适、中性风格、防滑	
	B9	厨房	重度油烟	吧台的特别要求
	A1	主卧	储物（首饰、多台电脑）	
	A2	主卫	下沉式浴缸、阳光淋浴房	
	A3	儿童房	2人，活动空间大	
	A4	工作室	同时2人使用，与儿童房隔开	
	A5	父母房	书桌（中性风格）	
	E1	棋牌室	采用俱乐部风格	
	E2	储藏室I		
	E3	洗衣间	容纳3台洗衣机	
	E4	保姆房	供一人使用	
	E5	中控房		
	E6	机房		
	E7	车库		
	E8	未知空间	储藏室或棋牌室	需审批开挖地基
		方案确认	效果图、材料选用等确认	
		施工图设计	施工图说明书	
		施工图预算	根据设计施工图，分析材料、配件等的初步预算	

（续）

阶段	内容	细节		室内设计师备注
		项目	成果	
图样设计阶段		工程预算	加入人工运费、市场即时差价等情况的整体预算	
		选定施工者	室内施工者、景观施工者、环境系统公司	建议厨房、卫生间施工与专业品牌公司合作
		硬装施工		
		水电布置		
		中控系统	环境系统公司设计安装	设备、智能系统
实施阶段	室外景观		室外硬装施工	
	软装配置		室外水电布置	自动喷淋控制
	植物种植		预定苗木种植	
	配饰		家具选配、装饰品选配	设计师配合业主
验收阶段	签字验收		设计合同、施工合同	

注意：

　　用表格可以更好地将各种问题有效分解，以供下一步在设计方案中解决，在实际工作中建议设计师经常使用此种方法。

3.平面布置

　　平面布局则是紧接着需要思考的内容，通过手绘的快速表达迅速找出合理的布局方案。做一般的设计方案，首要是以尊重业主要求为前提，使原有建筑空间更加适宜业主的居住，规划出更为合理的室内空间布局（见图4-34、图4-35）。设计方案没有最好的，只有最适合的。所以，这个时期可能会出现两个甚至多个中意的设计方案，这是徒手破解平面布局很需要的结果。

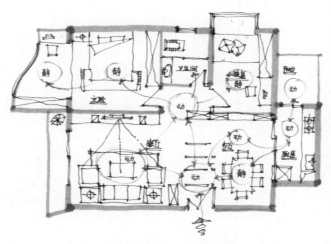

图4-34　动线分析设计草图　　作者：郭小琳

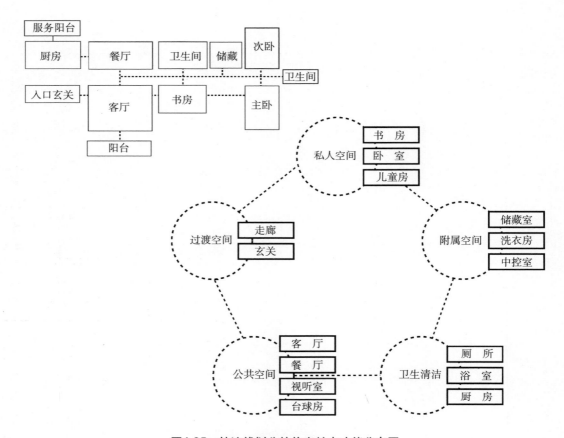

图4-35　按流线划分的住宅基本功能分布图

　　平面布置以突出主要硬装、家具和功能分区为重点，但也不能使整个空间围绕着硬装、家具等牵强附会。在平面布置中要有空间概念，初学者可以用倒推的思维方法，想象室内设计完成时的"现实"空间效果来调整平面布局（见图4-36~图4-42）。值得一提的是，一般在这个阶段设计师会给业主提供1~2个方案。

图4-36　一层平面方案设计草图　作者：叶丽倩

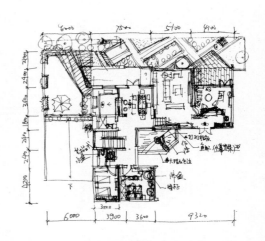

图4-37　一层平面方案设计深入草图　作者：叶丽倩

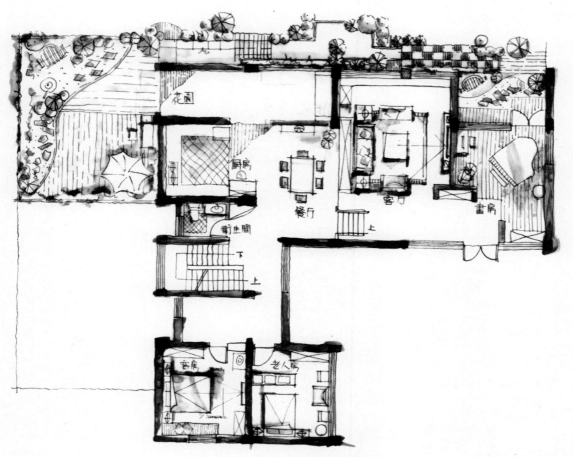

图4-38 一层平面方案设计定稿图　　　作者：叶丽倩

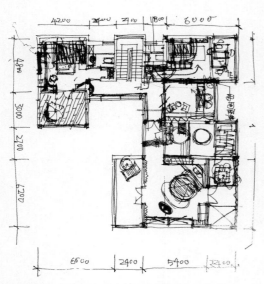

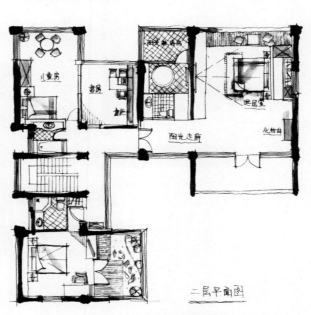

图4-39 二层平面方案设计草图　作者：叶丽倩　　图4-40 二层平面方案设计定稿图　作者：叶丽倩

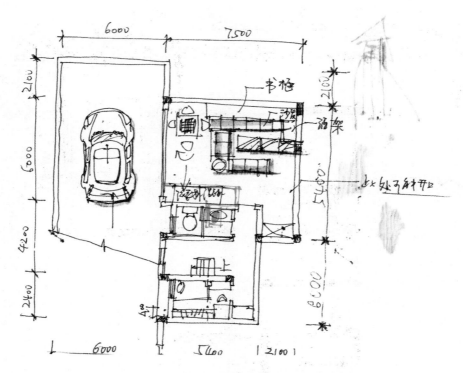

图4-41　底层平面设计草图　　　　作者：叶丽倩

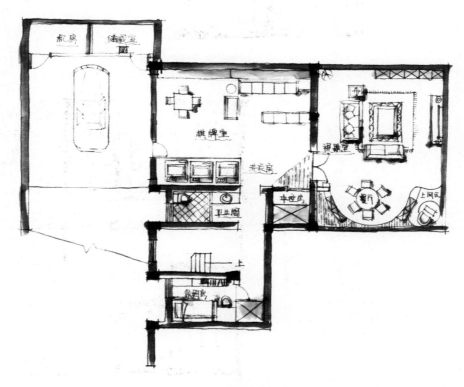

图4-42　底层平面设计定稿图　　　　作者：叶丽倩

4.细部及家具陈设意向

（1）客厅设计 客厅休息区设计草图如图4-43所示，客厅入口处设计草图如图4-44所示。

图4-43 客厅休息区设计草图 作者：林松松

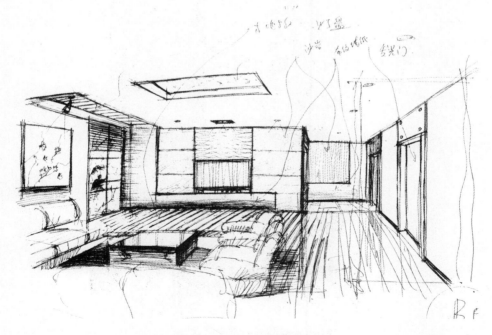

图4-44 客厅入口处设计草图 作者：金开

（2）主卧卫生间设计　在与业主沟通中，设计师发现这位有着美国留学背景的医生非常希望在这座山顶别墅的卧室卫生间对应的阳台上，设计面对群山惬意沐浴阳光的全景淋浴房。设计师在这个豪华的主卧卫生间的设计中引入了抬高的阶梯浴缸（见图4-45和图4-46）。在这个浴缸里休息沐浴可以尽揽山景，再走进阳台立窗是淋浴区，这又是另一种体验。同时，为了将这里的空间变得更加宽敞，在空间入口精简洗漱台面，如图4-47所示。

图4-45　主卧卫生间浴缸实施设计　作者：钱杰　　　　图4-46　　阳光淋浴房草案　　　作者：康旸

图4-47　主卧卫生间设计草图　作者：康旸

（3）家具细节设计　家具设计草图如图4-48所示。

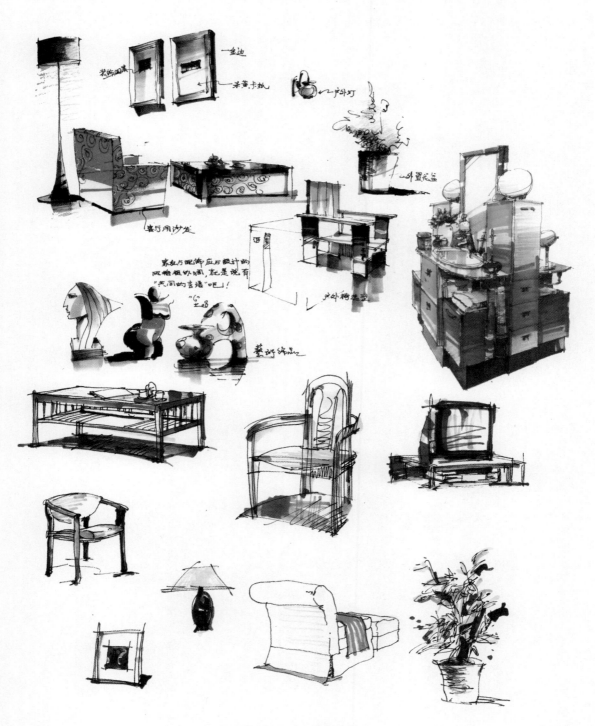

图4-48　家具设计草图

作者：何颖

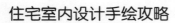

5.效果图欣赏

这里展现了很多不同风格和各种工具表现的效果图（见图4-49~图4-61）。通过对这些案例的深入了解，结合设计进入的不同阶段，针对不同的业主喜好，设计师可以更好地表达自己的设计意向。

图4-49　一层餐厅效果图　　　　　　　作者：钱杰

图4-50　别墅一层花园　　　　　　　作者：袁柳军

住宅室内设计手绘攻略

图4-51 二层父母房阳台 作者：钱杰

图4-52 休息区设计效果图 作者：陈书斐

住宅室内设计手绘攻略

图4-53　开放式厨房设计草图　　　　　作者：陈玉琢

图4-54　开放式厨房设计效果图　　　　作者：裴哲萍

100

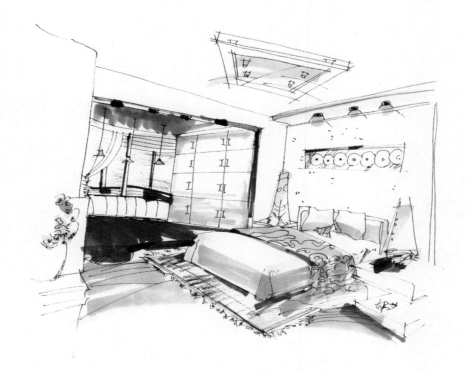

图4-55 主卧设计方案 作者：何颖

图4-56 一层客房设计草图 作者：章丽霞

图4-57　一层过渡空间设计草图　作者：许菁

图4-58　一层过渡空间效果图　　作者：方舒

图4-59　二层公用卫生间设计效果图　　　　作者：谢尘

图4-60　地下活动室效果图（一）　　　　　　　　作者：何颖

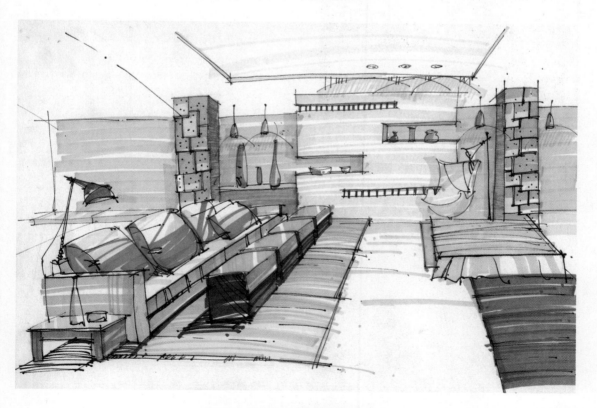

图4-61　地下活动室效果图（二）　　　　　　　　作者：张笑盈

第5章
优秀室内手绘表现案例

做任何工作，都必须明确一个标准，有了标准才能知道如何做是正确的。然而很多事情却未必像想象的那样——标准可以量化。绘画如此，手绘表达也是如此，没有绝对的标准。虽然设计手绘发展到现今，业界无形中已经有了一个大致的评价"标准"，而这一系列"标准"也在商业实践中得到了继承与发展。但是，很多具有创造力的设计师没有因此而循规蹈矩，在日益丰富的表现工具和设计对象面前，展现出非凡的创造力，"标准"正在变得模糊。

所以，本例只对一些基本的审美要求和实践经验、技巧，以其对应的特殊空间逐一进行解析，希望对读者有启发和帮助。

对于刚刚开始学习手绘表现的读者，也可以遵循一些基本的规律，例如，好的效果图应该首先避免因笔法间的松散而失气韵，尽量做到画面丰富生动、形态严谨到位、构图平衡、色彩和谐而有变化。在空间关系方面，设计师要从整体出发再到局部深

图5-1　某通信大厦门厅临摹作品　作者：陈柯

入，把握好物象结构及各形体的内在形、色、材质的关系，以及整体与局部、局部与局部的关系等。图5-1所示为某通信大厦门厅临摹作品。

5.1　客厅

客厅表现如图5-2~图5-9所示。

　客厅是一个家的中心和主要空间，一般通过客厅就能知道住宅的设计装饰的基调。因此，对于客厅的手绘表现也是经常会遇到的。客厅的手绘表现，一般多以电视墙为中心，表现出以电视墙和主体沙发共同围绕出的画面中心，由于大多数客厅和餐厅及厨房相邻，所以取景和表现时要注意视觉中心的所在，将餐厅等相邻空间的表现弱化。另外，天花板的表现可以很好地增强画面的透视感，对于一些小户型的客厅空间尤其应该重视在增强透视感上的表现。为了避免画面呆板，可以增加一些诸如天花板筒灯、墙上的画框、茶几边的植物等造型，并把它们简洁地表现出来。

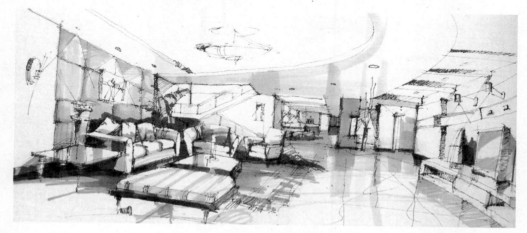

图5-2　某宅客厅　　　　　　　　　　　作者：叶丽倩

图5-3　欧式风格客厅　　作者：康旸

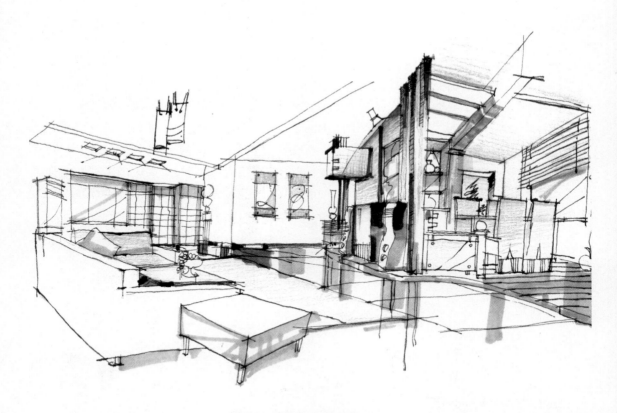

图5-4　高层公寓住宅客厅设计　　　　　　　　　作者：曲小琦

图5-5　某宅客厅设计快速表现图　　　　　　　　作者：杨敏

图5-6　客厅马克笔效果图　　　　　　　　　　作者：张笑盈

图5-7　简洁风格的客厅效果图　　　　　　　　作者：张笑盈

图5-8　别墅客厅精细效果图　　　　　　　　　　作者：张明立

图5-9　豪华客厅效果图　　　　　　　　　　作者：张明立

5.2　餐厅

　　餐厅表现如图5-10~图5-14所示。

　　餐厅在居室室内有多种类型，一般户型都在与厨房及客厅相邻的区域设置餐厅，而现在也有越来越多小户型的设计将餐厅包含于客厅和厨房的过渡区域，使它在功能上更富有弹性。所以在餐厅表现上，往往会取景在一个过渡空间中，也许会带出玄关或客厅一角等。正确处理这些空间的关系，往往会注意天花板和横梁的衔接表现；突出用餐气氛，在餐桌的上方绘制一盏造型吊灯，同时这样又可突出视觉中心，当然，有意识地表现餐厅上方的吊顶造型也能达到这样的效果，并且与用餐区呼应。

图5-10　中式餐厅效果图　　　　　　　　　　*作者：张笑盈*

住宅室内设计手绘攻略

图5-11　休闲餐厅大堂针管笔效果图　作者：朱艳妮

图5-12　主题餐厅马克笔效果图　作者：陈杰

图5-13　欧式别墅餐厅　　　　　作者：赵敏君

110

图5-14 休闲餐厅 作者：叶丽倩

5.3 卧室

卧室表现如图5-15~图5-21所示。

卧室是住宅主人的私密空间，主卧室则是整个住宅中最为温馨和静谧的场所。随着人们生活水平的提高，主卧的功能范围也在逐步地扩展和完善。有些大面积的主卧室，会同时有衣帽间、洗手间、化妆区、读书区、休闲平台等。正是由于卧室内部的表现物件较多，尤其不能忘记在手绘表现中适当取舍，着力表现床头及其周边的主景效果，注重营造卧室的内部风格和基本格局。如果画得较为深入，在卧室适当增加光影方面的表现，效果会更好。

图5-15 简洁中式风格卧室效果图 作者：陈红卫

图5-16　卧室一角渲染画　　作者：周晓吕

图5-17　卧室设计快速表现图　　　　　　　作者：张笑盈

图5-18 中式客卧效果图 作者：冯馨丹

图5-19 温馨风格卧室水彩效果图 作者：康旸

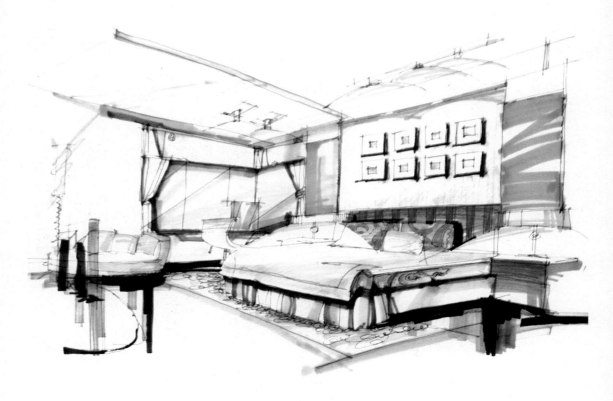

图5-20　卧室设计快速表现图　　　　　　作者：康暘

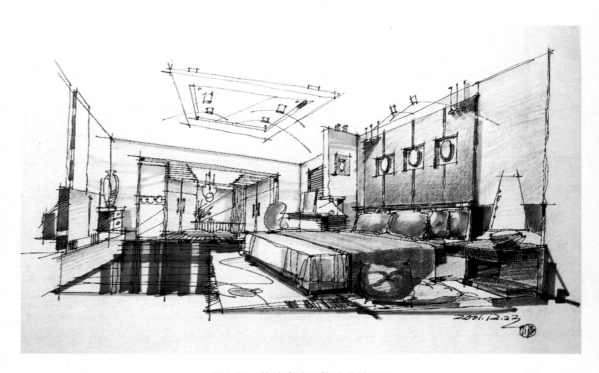

图5-21　简洁中式风格卧式效果图　　　　　作者：何颖

5.4　厨房

厨房表现如图5-22~图5-24所示。

厨房是家居设计中的一个重要环节，越来越多的业主注重厨房的实用高效。但厨房的表现却是手绘表现的薄弱环节，因为其中的设备日趋集成一体化，留给设计师自由发挥的余地似乎并不多。因此在厨房表现上除了表现出基本的厨房布局样式（如L形布局、U形布局、一字形布局等）和各类功能分区的合适位置，更多的可以在手绘中表达合理的厨房配色方面下功夫，在轻松的表现手法中透露出准确的设计信息。

图5-22　一体式厨房效果图　　　　作者：廖勃

图5-23　开放式厨房快速表现图　　　作者：金开

图5-24　一体式厨房效果图　　　　　作者：钱杰

5.5　书房及工作室

书房及工作室表现如图5-25~图5-29所示。

书房根据不同的业主要求也不尽相同。现代家居对于书房的理解更加多元化，对于年轻人来说，务实的作风使他们也把书房当做工作室来规划。当然，书房在居室空间中还会充当其他临时的用途，例如临时客房、饮茶区、棋牌室甚至还有佛龛室等。因此，对于书房设计本身来说，不要有太多的实际硬装为好，而设计表现应该突出业主喜好的家居设置，强调表现空间的自由度。

图5-25　书房一角　　　　　作者：康旸

116

图5-26 工作室式书房效果图 作者：陈红卫

图5-27 儿童书房效果图 作者：陈红卫

图5-28　设计师书房效果图　　　　　　　　　作者：陈红卫

图5-29　青年书房水彩效果图　　　　　　　　作者：陈书斐

5.6　卫生间

卫生间表现如图5-30~图5-32所示。

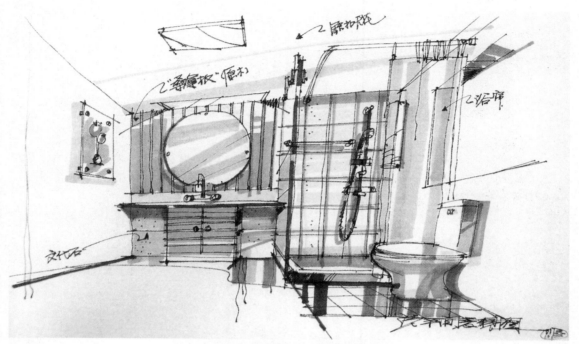

图5-30　紧凑型卫生间快速表现图　　　　　　　　　作者：杨敏

图5-31　卫生间局部设计效果图　　　　　　　　　作者：钱杰

图5-32　酒店式卫生间设计快速表现图　　　　　　　　*作者：杨敏*

5.7　儿童房

儿童房表现如图5-33和图5-34所示。

儿童房的功能设计及装饰手法应该视对象的年龄、性别而定。根据性别喜好，对儿童房的表现手法是有区别的。这需要设计师根据实际特点，通过仔细分析来选定空间内的家具造型。在儿童房的手绘表达中，最容易做出这些区别的色彩，学龄前的儿童房配色应该较为活泼；而在家具设计上应该尽量选择组合式的家具，多采用几何弧形的家具配件造型，这也是出于儿童的安全考虑。

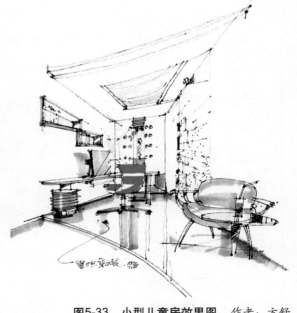

图5-33　小型儿童房效果图　*作者：方舒*

图5-34 儿童房快速表现图 作者：何颖

5.8 玄关及阳台

玄关及阳台表现如图5-35~图5-40所示。

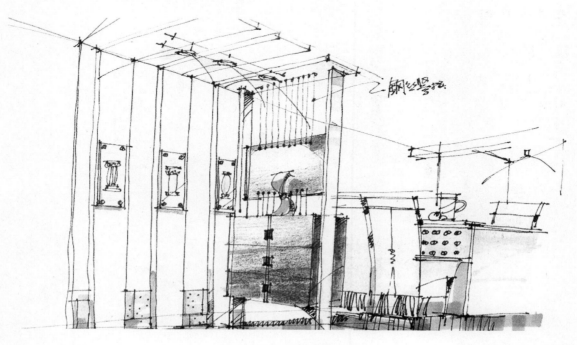

图5-35 入口玄关 作者：廖勃

图5-36　简易玄关设计快速表现图　　　　　　　作者：杨敏

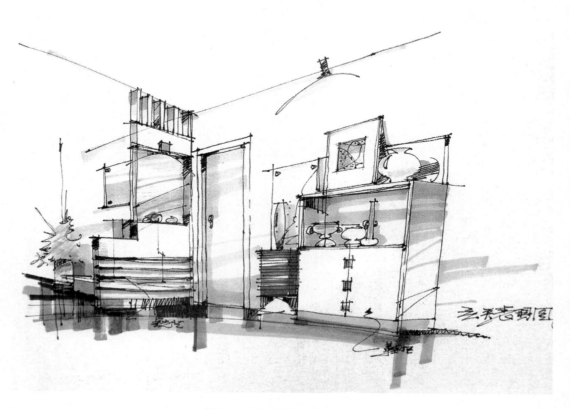

图5-37　玄关设计效果图　　　　　　　作者：翁思怡

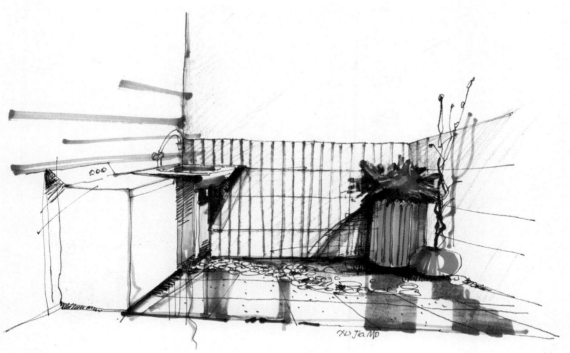

图5-38 阳台配景设计效果图　　　　　　　　作者：许嘉墨

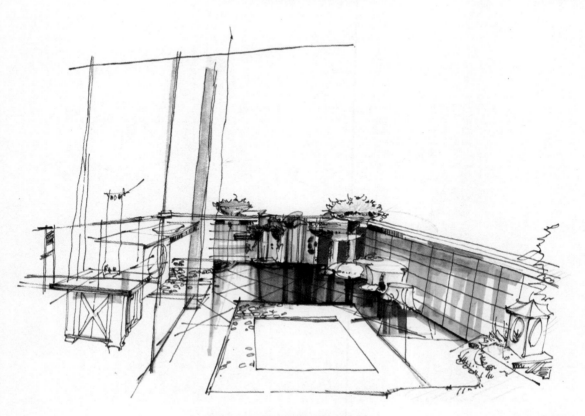

图5-39 阳台景观设计效果图　　　　　　　　作者：许嘉墨

图5-40　别墅玄关效果图　　　　　　　作者：项磊萍

5.9　其他

其他一些手绘作品如图5-41~图5-44所示。

图5-41　水彩渲染画习作　　　　　　　作者：袁柳军

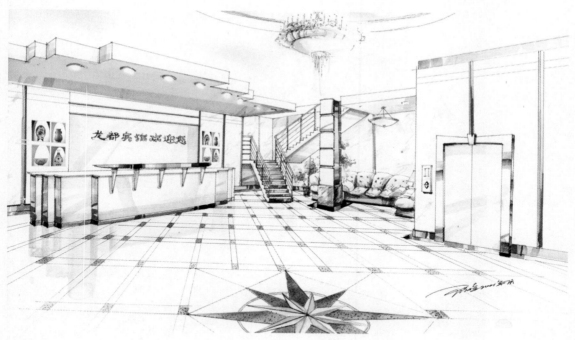

图5-42　宾馆大堂　　　　　　　　　　　　　　作者：王浩琦

图5-43　大连粗粮餐厅　　　　　　　　　　　　作者：王兆明

图5-44　苏州园林　　　　　　　　作者：马利安

参考文献

［1］赵航.景观·建筑手绘效果图表现技法[M].北京：中国青年出版社，2006.

［2］席跃良，黄舒立，李鸿明.环境艺术设计手绘效果图表现技法[M].北京：中国电力出版社，2010.

［3］权宁杰，金英仁.设计师谈成功企业色彩营销案例[M].周钦华，译.北京：电子工业出版社，2006.

［4］长谷川矩祥.室内设计效果图手绘技法——色铅笔表现篇[M].暴凤明，译.北京：中国青年出版社，2006.

［5］陈湘，李立明.室内空间创意手绘表现技法[M].长沙：湖南美术出版社，2008.

［6］郭泳言.室内色彩设计秘诀[M].北京：中国建筑工业出版社，2008.

［7］王天扬，王宏岳，杨涛.马克笔表现技法[M].武汉：湖北美术出版社，2008.

［8］左铁锋.空间设计手绘表现图解析[M].北京：海洋出版社，2008.

［9］连柏慧.纯粹手绘——室内手绘快速表现[M].北京：机械工业出版社，2009.

［10］刘宇.今日空间·手绘表现篇：第1辑[M].天津：天津大学出版社，2008.

［11］姜立善，李梅红.室内设计手绘表现技法[M].北京：中国水利水电出版社，2007.